古典詩歌研究彙刊

第十三輯

龔鵬程　主編

第 2 冊

六朝玄言詩史論（下）

黃偉倫　著

國家圖書館出版品預行編目資料

六朝玄言詩史論（下）／黃偉倫 著 — 初版 — 新北市：花木
蘭文化出版社，2013〔民 102〕
目 4+136 面；17×24 公分
（古典詩歌研究彙刊 第十三輯；第 2 冊）
ISBN　978-986-322-070-1（精裝）
1. 玄言詩 2. 詩評
820.91　　　　　　　　　　　　　　　　102000921

ISBN-978-986-322-070-1

9 789863 220701

古典詩歌研究彙刊
第十三輯　第 二 冊　　　ISBN：978-986-322-070-1

六朝玄言詩史論（下）

作　　者　黃偉倫
主　　編　龔鵬程
總 編 輯　杜潔祥
出　　版　花木蘭文化出版社
發 行 所　花木蘭文化出版社
發 行 人　高小娟
聯絡地址　235 新北市中和區中安街七二號十三樓
　　　　　電話：02-2923-1455／傳真：02-2923-1452
網　　址　http://www.huamulan.tw 信箱 sut81518@gmail.com
印　　刷　普羅文化出版廣告事業
初　　版　2013 年 3 月
定　　價　第十三輯 20 冊（精裝）新台幣 28,000 元

六朝玄言詩史論(下)

黃偉倫 著

第六章　六朝玄言詩的轉變期

　　玄言詩發展到了晉、宋之際是為轉變期，這個轉變的內容，是玄言向田園詩的轉變，同時也是玄言向山水詩的轉變，過了這個階段玄言詩也就逐漸由詩壇淡出了，所以玄言詩到了晉、宋之際已是日近黃昏，不過這個日落前的餘輝，卻在玄言詩謝幕之前，放出了炫爛的色彩，替玄言詩劃下一個美麗的句點，而其光芒也超越了時空的界限，成為中國詩歌天際裏的一顆明星，讓後世無數的詩人，引領遙望，輒增神往。以下便分由兩部分，論述此一轉變的實際情狀，玄言向田園的轉變自以陶潛為代表，而玄言向山水的轉變則以謝靈運等人為代表，欲以探賾玄言詩轉變的歷史脈絡，也由此揭明實際作品所呈顯出的玄言風貌。

第一節　田園與玄言

一、陶潛詩的特質：人格的「真」向作品的「真」的延伸

　　說淵明詩是玄言向田園的轉變，或者更本質的談，陶詩到底表現了什麼樣的「玄言」色彩？對此問題約可從兩方面來加以探求，其一：由外在的、人格的角度來看，淵明詩的「玄言」色彩就在他的「玄學

人生觀」的體現，是這樣一個人生態度積澱成「玄言」色彩的心理根源，陳沆《詩比興箋》說：「讀陶者有二蔽：一則惟知〈歸園〉、〈移居〉及田間詩十數首，景物堪玩，意趣易明。至若〈飲酒〉、〈貧士〉，便已罕尋；〈擬古〉、〈雜詩〉，意更難測。徒以陶公爲田舍之翁，閑適之祖，此一蔽也。二則聞淵明恥事二姓，高尙羲皇，遂乃逐景尋響，望文生義，稍涉長林之想，便謂采薇之吟。豈知考其甲子，多在強仕之年，寧有未到義熙，預興易代之感？至于〈述酒〉、述史、〈讀山海經〉，本寄悲憤，翻謂恒語，此二蔽也。」〔註1〕是以，爲了免於此蔽，便該對淵明詩的思想內容有一更整全且深入的把握，而王鍾陵先生以爲要眞正達到這種認識，則需從社會思潮的角度來着眼，他說：「一方面，不僅彌漫幾百年來的遷逝之悲和深沉的歷史感，仍爲淵明所繼承，而且由於他切實而艱難的耕稼生活及其篤實眞摯的思想感情，這種人生和歷史的感喟便顯得孕含著更加沈著的義蘊；另一方面，淵明又受到玄學很深的影響，不僅玄言詩對於理趣的追求，有助於他開拓恢廓精深的詩境，而且玄言詩中的理趣亦在他的詩中表現爲一種達生貴我、委運任化的人生態度。這兩個方面錯綜交織地出現在他的詩中，使他的詩表現出淡中見厚、平中見深的豐富義蘊。」〔註2〕可見，淵明是在自然的對象與人文的對象對我所呈顯的意義之中，凝塑了他獨特的世界觀，並以此世界觀爲核心，開展成人生的意義、價值和理想，又由於生命經驗是文學的本質，文學是生命的反映形式之一，於是在淵明人生觀裏，那種莊、老意味濃厚，委運任化，適性逍遙，嚮往寧靜的精神天地，追求物我一體、與道冥一的人生情態，發爲長歌，煥爲文采，也就具象成了淵明詩中的玄思與玄趣。

例如〈歸園田居〉說：「少無適俗韻，性本愛丘山」、「久去山澤游，浪莽林野娛」，這是詩人以塵世爲「樊籠」，以歸於山林乃復返本

〔註1〕引自陳沆：《詩比興箋》（臺北：鼎文書局，民國68年2月初版）。
〔註2〕參看王鍾陵：《中國中古詩歌史》（江蘇：江蘇教育出版社，1988年5月一刷），頁528～529。

性之自然的趨向；又如〈形影神三首之神釋〉云：「甚念傷吾生，正宜委運去。縱浪大化中，不喜亦不懼」，這不就是明瞭造化之理後，一種任諸推移，與物俱化的達觀；至於〈飲酒詩〉說：「泛此忘憂物，遠我遺世情」，本傳說他「嘗言夏月虛閑，高臥北窗之下，清風颯至，自謂羲皇上人。性不解音，而畜素琴一張，絃徽不具，每朋酒之會，則撫而和之，曰：『但識琴中趣，何勞絃上音。』」〔註3〕，則亦是借酒起興，不以心為形役，那種「嘯傲東軒下，聊復得此生」的意態，甚至〈五柳先生傳〉自況的「好讀書，不求甚解；每有會意，便欣然忘食」〔註4〕，亦隱含了否定漢儒章句訓詁的解經方式而著重讀書貴得「會意」、應當「得意忘言」的玄學素養。因此，不論是陶潛的生命情調也好、對待人或自然的態度也好、詩歌所呈顯的風貌也好，都可在其玄學人生觀的理解下，而有著更好的把握。

其二：由內在的、詩歌作品本身來看，前人論陶多以其詩極具自然沖淡之美，如元好問說陶詩「一語天然萬古新，豪華落盡見真淳」（〈論詩絕句〉）、嚴羽謂：「淵明之詩質而自然耳」（〈滄浪詩話〉）、黃文渙曰：「古今尊陶，統歸平淡」（〈陶詩析義自序〉）、王夫之云：「平淡于詩，自為一體。平者取勢不雜，淡者取義不煩之謂也。陶詩于此，固多得之」（〈古詩評選〉）、胡應麟說：「陶之五言，開古今平淡之宗」（〈詩藪〉），而淵明這種平淡即體合了老子「大音希聲」、「大象無形」的旨意，密契了道家追求自然率真，反對雕琢文飾的審美精神，同時也是玄言詩作的共同理想——即由一種語言的清淡簡約而不綺采、語意的恢闊沖散而不密實，假言見意，含攝不盡，自然而然地流露出恬淡閑適、悠然玄遠的意境來。

因此，看陶詩的「玄言」色彩，必把握其貴得意肆志的玄學人生觀，再襯以平淡自然的詩歌風格，而後才有深入的理解，特別是陶詩

〔註3〕見〔唐〕房玄齡等撰：《晉書》（冊三）（臺北：鼎文書局，民國76年1月五版），卷九十四、列傳第六十四，頁2426～2427。

〔註4〕引自楊勇：《陶淵明集校箋》（臺北：正文圖書有限公司，民國76年1月一日），卷六、頁287。

能夠臻於如此的藝術高度，而爲後世評家所稱賞，正是在於淵明能將
人生態度延伸到詩歌作品，能以人格的「眞」來抒寫詩歌的「眞」，
所以沒有矯飾造作，無須匠心雕琢，而自能引人共感，深堪玩味，昭
明太子說他「穎脫不羈，任眞自得」〔註5〕，又說「其文章不群，辭
彩精拔，跌宕昭彰，獨超眾類，抑揚爽朗，莫與之京。橫素波而傍流，
干青雲而直上。語時事則指而可想，論懷抱則曠而且眞」〔註6〕，可
謂是將淵明的生命情調和美學思想相綰合，揭示了淵明以「眞」爲核
心的人生及美學觀〔註7〕，而這種以人格高度爲藝術高度、以藝術高
度爲人格高度的「人」、「文」合一觀點，亦遍見於前人的詩評中，如
陳繹曾《詩譜》：「陶淵明心存忠義，心處閒逸，情眞、景眞、事眞、
意眞」、陳師道《後山詩話》：「淵明不爲詩，寫其胸中之妙爾」、許顗
《彥周詩話》：「陶彭澤詩，顏、謝、潘、陸皆不及者，以其平昔所行
之事，賦之於詩，無一點愧詞，所以能爾」、徐駿《詩文軌範》：「其
間獨陶淵明詩淡泊淵永，夐出流俗，蓋其性情然也」、元好問〈繼愚
軒和黨承旨雪詩〉：「君看陶集中，飲酒與歸田。此翁豈作詩，直寫胸
中天。」所以本節以「人格的『眞』向作品的『眞』的延伸」爲陶詩
特質，即著意於此人格的詩化表現而言。

二、陶潛詩的玄言風貌：篤意眞古，平淡自然

從陶潛的實際作品來看，他詩中的「玄言」色彩大抵以著兩種類
型來呈顯，一類是在眞實的田園生活中，營造出一股祥和與寧靜的氣
氛，使人與自然萬物泯除了主客的分別，成爲一種和諧的存在，山川

〔註5〕 見蕭統《陶淵明傳》，引自〔明〕張溥：《漢魏六朝百三名家集》（冊
四）（臺北：文津出版社，民國68年8月），頁3293～3295。

〔註6〕 見蕭統：〈陶淵明集序〉，同前註，頁3286～3288。

〔註7〕 鍾優民論道：「陶淵明的美學思想和他的人生態度是緊密聯繫在一起
的。沈約最早指出他『直率』的人格，昭明太子進一步肯定其『穎
脫不羈，任眞自得』的品格和『語時事則指而可想，論懷抱則曠而
且眞』的藝術風格，初步揭示陶淵明以『眞』爲核心的人生──美
學觀。」參看氏著：《中國詩歌史──魏晉南北朝》（高雄：麗文圖
書公司，1994年5月初版），頁217。

自山川、草木自草木；魚鳥自魚鳥、人物自人物，各有其本性，倆不依存，互不影響，獨自生滅消息，如其〈歸去來辭〉所云：「雲無心以出岫，鳥倦飛而知還」、「木欣欣以向榮，泉涓涓而始流」，實蘊涵有郭象「自爾獨化」的思想成分，因而當整個時代都在踏山尋水企圖在物我的對立中尋找玄心的同時，淵明卻在生活的周遭，適然地冥契了造化的真意，故而因之作詩，詩無斧鑿痕；持之為人，人亦無斧鑿痕。另一類則是直接表現為對命限、對人生哲理的反省和思考，然後出之以歷史的故實、較為可感的形象，將抽象的概念言說、深邃的哲理思索，用一種富於藝術感染力的感性手法來表達，而這也是陶詩能夠免於「理過其辭，淡乎窮味」之譏，且高於一般玄言詩作之處。

首先就第一類來看，其〈飲酒詩二十首之五〉云：

結廬在人境，而無車馬喧。問君何能爾，心遠地自偏。

採菊東籬下，悠然見南山。山氣日夕佳，飛鳥相與還。

此中有真意，欲辯已忘言。（中冊‧頁 995）

此詩向來最為人所傳誦，它的好就好在既抒發了作者擁抱自然、閑適恬淡的心情，同時又蘊涵了某種對宇宙人生超然境界的領悟和嚮往，而且這個超然的境界就表現在詩人悠然恣肆的心境中，詩人的心境亦詩化於天地萬物中，所以不復有主客的對立，物我的分別，消解了單純說理的枯燥性，辭淡意遠，是思想與藝術的高度融合。詩首四句，是淵明人生態度的告白，「結廬在人境」是指實的生活環境的描寫，同時也暗喻著人與社會——那種無法逃脫的傳統觀念和價值的拘束以及人與自然——那種不以自我意志為移轉的推移和命限，然而詩人卻能以「心遠」的人生態度，無礙於車馬喧囂、名教世界的成敗榮辱、有形之軀的客觀限制，進而從形迹的層面翻上到精神的層面，讓自我契入於大化之流。詩又接著說「採菊東籬下，悠然見南山」，這是純樸的田園生活，也主體精神與自然世界的綰合，特別是「見」之一字，具現了詩人不期然而然、值景會心的快意，將那人與大自然神形相契、物我兩忘的道家境界，在詩歌藝術形式所營造的意象裏呈顯出

來，於此，羅宗濤先生有段極好的闡釋，其曰：

> 「悠」有久與遠之義，但加上「然」字，就不再取義而取意了。采菊之際，偶見南山，機械式、線條式的時間，在這時完全失去了意義，詩人陶然了，忘了時空的拘限，自我也不再孤絕了，瞬間，他體味了最真實的生活。由於他不受物欲支配，不藉推理的活動，也不追求超越的事物；他只直接訴諸親身的體驗，所以才能不偏執、無障隔地由籬菊而悠然及於南山，流動自如。而且「悠然」是在見南山之前，則悠然自得，原已有之，南山只是偶然湊趣。也正由於「悠然」是長久的，所以淵明的感受不是外界所引起的一時的喜悅，且是持續的自適，是以夕照裏的南山巨大而凝定，歸林的飛鳥小巧而靈活，無一不好。〔註8〕

而王力堅先生也說：

> 「見」這一似有意而無心的神態，便把悠逸之人與清泊之景勾通融匯起來了，頓時，境與意諧，境化意顯。至此，冥合自然之「真意」既得，傳情達意之「言」「象」就無須執著了，詩人也就只陶醉於心冥神會的自然真意中。這便是「此中有真意，欲辯已忘言」。整首詩虛實交感，渾融一體，呈現出以「理趣」為特徵的風格。〔註9〕

繼而在此「悠然」的心境下，淵明所感受到自然及其所含之理，即是「山氣日夕佳」、即是「飛鳥相與還」，前一句是在自我體貼於自然時序與變化的律動中，所感受到的存在的怡悅，而後一句則是萬物置此存在中，各自順隨其性、自足其分的畫面，只是淵明寫來全不涉理痕，在他「得意忘言」的生命情調裏，領略著人生的真意，萬物的真意，天地的真意。清人吳淇曾評此詩說：「『心遠』為一篇之骨；『真意』為一篇之髓。」（《六朝選詩定論》）而換一個方式來看，可說是因有

〔註8〕 參看羅宗濤：〈陶淵明與謝靈運〉一文，收於《幼獅月刊》第四十四卷、第三期，頁57～60。

〔註9〕 參看王力堅：《南朝的唯美詩風——由山水到宮體》（臺北：臺灣商務印書館，1999年12月初版一刷），頁38。

「心遠」﹝註10﹞的修養工夫和體認然後才在「眞意」的世界裏發現了
生命的「桃花源」。

　　又如〈歸園田居詩五首之一〉：
　　　少無適俗韻，性本愛山丘。誤落塵網中，一去三十年。
　　　羈鳥戀舊林，池魚思故淵。開荒南野際，守拙歸園田。
　　　方宅十餘畝，草屋八九間。榆柳蔭後簷，桃李羅堂前。
　　　曖曖遠人村，依依墟里煙。狗吠深巷中，雞鳴桑樹顚。
　　　戶庭無塵雜，虛室有餘閑。久在樊籠裏，復得返自然。
　　　（中冊‧頁991）

開篇以「性之本然」標誌了作者特具的精神氣質與性靈的流瀉，從一
個性格與社會的衝突中，反省到自己過去的仕宦猶如誤落塵網，「俗
韻」是對世俗的名韁利鎖、詐僞紛亂的反感，而「山丘」則是本性愛
好淳樸、崇尚自然的對象化和心理的歸趣，所以當最深層的自然本性
被開啓後，人就會爲一種莫名的力量所吸引，返回到一個初始的存在
狀態，「羈鳥戀舊林，池魚思故淵」，就是這種復歸的具象描述，也是
淵明宦遊時「望雲慚高鳥，臨水愧游魚」的心理根源。從而淵明開荒
南野、守拙歸園，「方宅」以下數句，俱爲吟詠田園生活之寫，透過
草屋、榆柳、桃李、村落、炊煙、狗吠、雞鳴等，構成了一幅樸實、
靜謐、親切、自然的農村圖畫，詩人生活其間，「戶庭無塵雜，虛室

──────────────

〔註10〕　方東樹《昭昧詹言》說：「境既閒寂，景物復佳，然非心遠則不能領
　　　　其眞意味。」又羅師宗濤釋「心遠」之義說：「清邱嘉穗東山草堂陶
　　　　詩箋云：『或又問：如何是心遠？曰：或尚友古人，或志在天下，或
　　　　慮及後世，或不求人知而求天知，皆所謂心遠矣。』這話大致不差。
　　　　但我們還可以換個方式來補充說明：心應當有個對象，才能產生遠
　　　　近的距離，而這一對象，又該是指物欲而言。人們多重利祿，淵明
　　　　卻掛冠歸去來；人們莫不感受生死事大的壓力，他卻堪破了生死關
　　　　頭；人們以聽素琴爲風雅，而他卻更能「但識琴中趣，何勞絃上聲」。
　　　　可見他不受物欲的支配，跟物欲的引力保持相當的距離，這就是『心
　　　　遠』」。見《昭昧詹言》（台北：漢京文化事業公司，1985年9月），
　　　　頁58。準此，本文之所以說「心遠」是一種修養工夫與體認，即是
　　　　就「心遠」是通往「眞意」的必經道路而言，是藉由主觀心性的調
　　　　整，然後才達致了一個世界對我呈顯的獨特意義的獲得。

有餘閑」，這裡的「塵雜」可以比況俗世的紛擾，而「餘閑」則是心境的寫照，置身此中，處虛優游，閑適自得，猶如擺脫了樊籠的飛鳥，流露出本性得以舒展的暢快來。

再看〈癸卯歲始春懷古田舍詩二首〉：

> 在昔聞南畝，當年竟未踐。屢空既有人，春興豈自免。
> 夙晨裝吾駕，啟塗情已緬。鳥弄歡新節，泠風送餘善。
> 寒草被荒蹊，地爲罕人遠。是以植杖翁，悠然不復返。
> 即理愧通識，所保詎乃淺。（之一・中冊・頁994）

> 先師有遺訓，憂道不憂貧。瞻望邈難逮，轉欲志長勤。
> 秉耒歡時務，解顏勸農人。平疇交遠風，良苗亦懷新。
> 雖未量歲功，即事多所欣。耕種有時息，行者無問津。
> 日入相與歸，壺漿勞近鄰。長吟掩柴門，聊爲隴畝民。
>
> （之二・中冊・頁994）

吳瞻泰《陶詩彙註》釋此詩題說：「題曰：『懷古田舍』，故二首俱是懷古之論。前首荷蓧丈人，次首沮、溺，皆田舍之可懷者也。古來惟孔、顏安貧樂道，不屑耕稼，然而邈不可追，則不如實踐隴畝之能保其真矣。」〔註11〕是知淵明於田舍懷古，背景的畫面是自然的田園風光和質樸的農耕生活，然而主角卻是古代的賢者，透過躬耕田畝的意象聯繫，來緬懷他們以樸自牧、潔身自守的高風亮節。其中，植杖翁乃用《論語》之典，〈微子篇〉載云：「子路從而後，遇丈人，以杖荷蓧。子路問曰：『子見夫子乎？』丈人曰：『四體不勤，五穀不分，孰爲夫子？』植其杖而去。子路拱而立。止子路宿，殺雞爲黍而食之，見其二子焉。明日，子路行，以告。子曰：『隱者也。』使子路反見之。至，則行矣。」〔註12〕而「即理愧通識，所保詎乃淺」則對於上引故實予價值分判，王羲之〈又遺謝萬書〉說：「以君邁往不屑之韻，而俯同群，碎誠難爲意也。然所謂通識，正自當隨事行藏，乃爲遠耳」

〔註11〕楊勇先生亦贊成此說，以詩題「懷古田舍」，意在「即於田舍懷古」，又說：「詩是懷古言志，非在他鄉懷古田舍也。」同註4，頁120。

〔註12〕引自〔魏〕何晏等注、〔宋〕邢昺疏：《論語注疏》（臺北：藍燈書局影印清嘉慶二十年江西南昌學府重刊十三經注疏本），頁166上。

〔註13〕，所以詩作舉孔、顏與荷蓧杖人對比，以爲眞實的耕植生活中所保有的眞性眞情當非淺薄。

　　至於第二類偏重說理的詩章，如《形影神三首并序》即爲典型的代表，淵明以著寓言的形式，虛擬了「形」、「影」、「神」三個對象，借由彼此間的往返問答來展開「形神」問題的論述，賦哲理探討予以生動活潑的意趣和形象性，詩首有序曰：

　　　　貴賤賢愚，莫不營營以惜生，斯甚惑焉。故極陳形影之苦，
　　　　言神辨自然以釋之。好事君子，共取其心焉。

〈形贈影〉：

　　　　天地長不沒，山川無改時。草木得常理，霜露榮悴之。
　　　　謂人最靈智，獨復不如茲。適見在世中，奄去靡歸期。
　　　　奚覺無一人，親識豈相思。但餘平生物，舉目情悽洏。
　　　　我無騰化術，必爾不復疑。願君取君言，得酒莫苟辭。

　　　　（中冊・頁989）

〈影答形〉：

　　　　存生不可言，衛生每苦拙。誠願游崑華，邈然茲道絕。
　　　　與子相遇來，未嘗異悲悦。憩陰若暫乖，止日終不別。
　　　　此同既難常，黯爾俱時滅。身沒名亦盡，念之五情熱。
　　　　立善有遺愛，胡可不自竭。酒云能消憂，方此詎不劣。

　　　　（中冊・頁990）

〈神釋〉：

　　　　大鈞無私力，萬物自森著。人爲三才中，豈不以我故。
　　　　與君雖異物，生而相依附。結託既喜同，安得不相語。
　　　　三皇大聖人，今復在何處。彭祖愛永年，欲留不得住。
　　　　老少同一死，賢愚無復數。日醉或能忘，將非促齡具。
　　　　立善常所欣，誰當爲汝譽。甚念傷吾生，正宜委運去。
　　　　縱浪大化中，不喜亦不懼。應盡便須盡，無復獨多慮。

〔註13〕引自〔清〕嚴可均：《全上古三代秦漢三國六朝文》（冊四）（臺北：世界書局，民國71年2月四版），《全晉文・卷二十二・王羲之》，頁5～6。

（中冊・頁990）

「形神」問題本就是中國哲學的重要論題之一〔註14〕，在這裡淵明以著詩歌的藝術形式，發表了他對於萬物存在的看法。其意以爲，天地山川本就永恆的存在，而草木也依循自然的律則，以霜侵而枯萎，因露滋而復榮，乃至於人的生死等現象，皆是自然而然，是「大鈞無私力，萬物自森著」，萬物都順隨著造化的推移，既無任何的力量能阻止，也不以人意志爲移轉，因此，如果要違逆此理而行，或修「騰化」登仙之術，或信靈魂不滅、立善有報之說，都將徒勞無功，所以正確的作法就是應該擺落這種虛妄的求索，以免傷害自身，「委運」以任自然，縱情於大化之中，不以生爲喜，不以死爲懼，抱著「適來，夫子時也；適去，夫子順也」（《莊子・養生主》）的態度，「應盡便須盡」，不必再有什麼憂慮。而這種道家意味濃厚的「自然遷化」論，不僅是淵明哲學思想中的形上觀，同時也是淵明用之自持的人生觀，它充分體現了老莊的「自然」思想，誠如方東樹所說：

> 〈形影神〉三詩，用《莊子》之理，見人生賢愚、貴賤、
> 窮通、壽夭莫非天定，人當委運任化，無爲欣戚喜懼于其
> 中，以作庸人無益之擾，即有意于醉酒立善，皆非達道之
> 然。〔註15〕

並且，這種視遷化爲自然理序的達觀，並不是詩人故作瀟灑的虛論，而是來自淵明眞實的人生感受，是從那種人生無常的遷逝之悲裏所昇華出來的曠達之見，例如其〈雜詩十二首之一〉云：「人生無根蒂，飄如陌上塵。分散逐風轉，此已非常身」、〈歸園田居五首之四〉云：「一世異朝市，此語眞不虛。人生似幻化，終當歸空無」、〈己酉歲

〔註14〕關於「形神」問題的探討，自先秦以降皆有相關的論述，特別是在佛教傳入中國後，對「形神」的討論愈加熱烈，如齊梁間的范縝、蕭琛、何承天、慧遠、顏延之、梁武帝等，皆有論辯。至其詳情與演變之跡，可參看李幸玲：《六朝神滅不滅論與佛教輪迴主體之研究》，師大碩士論文，民國84年6月。

〔註15〕見〔清〕方東樹：《昭昧詹言》（臺北：廣文書局，民國51年8月初版），卷四〈陶公〉，頁3～4。

九月九日〉：「萬化相尋繹，人生豈不勞。從古皆有沒，念之心中焦」、
〈飲酒詩二十首之一〉：「衰榮無定在，彼此共更之。邵生瓜田中，
寧似東陵時。寒暑有代謝，人道每如茲」、〈雜詩十二首之二〉：「日
月擲人去，有志不獲騁。念此懷悲悽，終曉不能靜」，〈雜詩十二首
之七〉：「日月不肯遲，四時相催迫……家爲逆旅舍，我如當去客」，
都可以看到淵明在生死、傷逝等人類共同的問題上，有著極爲深沉
的喟歎和敏銳的感受，然後，「有遷逝之悲和現實生活之痛，就有淡
化、消釋這種悲痛的努力。徵士一方面從玄學中尋求一種虛遠流化
的理論解脫，表現了一種達生貴我的人生態度，另一方面又從田稼
生活之中，獲得了一種實在的生活依憑，從而在相當程度上淡化、
消釋了悲痛，眞正達到了返樸歸眞的境界」〔註16〕，於是這種以理
化情的努力，便表現爲詩作中對自然遷化之理的體證，如〈五月旦
作和戴主簿〉云：

> 虛舟縱逸棹，回復遂無窮。發歲始俛仰，星紀奄將中。
> 南窗罕悴物，北林榮且豐。神萍寫時雨，晨色奏景風。
> 既來孰不去，人理固有終。居常待其盡，曲肱豈傷沖。
> 遷化或夷險，肆志無窊隆。即事如已高，何必升華嵩。

　　（中冊‧頁977）

〈連雨獨飲詩〉：

> 運生會歸盡，終古謂之然。世界有松喬，於今定何間。
> 故老贈余酒，乃言飲得仙。試酌百情遠，重觴忽忘天。
> 天豈去此哉，任眞無所先。雲鶴有奇翼，八表須臾還。
> 自我抱茲獨，僶俛四十年。形骸久已化，心在復何言。

　　（中冊‧頁993）

在詩人看來，日月運行、寒暑代謝皆有其一定之律則，而人處其間，
倏忽已過，生有其時，死乃其順，「生之來，不能卻；其去，不能止」
（《莊子‧達生》）此爲理之固然，因而與之相應的態度便該是「居常
以待其盡」，這個「常」是生活上的「飯蔬食飲水，曲肱而枕之」（《論

〔註16〕同註2，頁523。

語‧述而》），然後才在平實坦率的生活態度裏，冥契於《老子》所說的「道冲而用之，淵乎若萬物之宗」，以心與道冥，不復有悅生惡死之情縈懷，不論順逆皆能肆志，進而有「樂亦在其中矣」之感。至於〈連雨獨飲〉亦以「運生會盡歸」爲互古之必然，故當「獨任天眞」（郭象〈齊物論〉注語），「外化而內不化」﹝註17﹞，才能形化而心在。馬璞《陶詩本義》曾合此二首論曰：「〈五月旦作和戴主簿〉一首以『居常待其盡』一句爲結穴，此篇（連雨獨飲）以『任眞無所先』一句爲結穴，淵明一生大本領，此二句可以盡之。若合二句爲一聯，則更妙矣。」﹝註18﹞而此中的任眞自得之情，發爲歌詩，便如〈飲酒詩二十首之七〉所描繪出的畫面一樣：

> 秋菊有佳色，裛露掇其英。汎此忘憂物，遠我遺世情。
>
> 一觴雖獨進，杯盡壺自傾。日入群動息，歸鳥趨林鳴。
>
> 嘯傲東軒下，聊復得此生。（中冊‧頁998）

淵明以菊酒陶情，嘯傲東軒，密契大造遷化之理，可謂「無入而不自得」，且「思」因「詩」韻，「詩」緣「思」遠，所以令人讀來親切而

﹝註17﹞ 《莊子‧知北遊》云：「古之人，外化而內不化；今之人，內化而外不化。與物化者，一不化也。安化安不化，安與之相靡，必與之莫多。」於此，所謂「外化」指的即是氣化世界的流行，而「內不化」則是要在大化的推移當中因著對道的觀照而能保持內心的寧定，以獲得精神生命的安頓。就天之道而言，「外化」乃是天地運行萬物生滅消長的必然規律，而由人之道看，則「內不化」乃是因任所化，進而安於其化的修養工夫，關於此點，徐復觀先生對「化」有一段精闢的說解：「化是隨變化而變化。它有兩方面的意義：一是自身的化；一是自身以外的化。自身以外的化，莊子採取「觀化」的態度。即〈至樂〉篇所謂「且吾與子觀化而化及己」的觀化。所謂觀化，即對萬物的變化，保持觀照而不牽惹自己的感情判斷的態度。自身的化，即所謂「化及己」：化及己，則採取「物化」的態度。……物化，亦即司馬談在〈論六家要旨〉中所說的「隨物變化」。自己化成了什麼，便安於什麼，而不固執某一生活環境或某一目的。乃至現有的生命，這即所謂物化。」參看拙文：〈莊學氣論的特色及其開展〉，收於《第一屆先秦兩漢學術全國研究生論文發表會論文集》（臺北：輔仁大學中國文學系所，民國86年10月》，頁30。

﹝註18﹞ 同註4，頁85。

深可玩味、淡采而情韻濃烈、雋永而境自高遠，這是一己沈吟變爲人
情的共感，也是人格的眞美化爲詩歌的眞美。

　　因此，總的看來，如果要在陶淵明的人和詩上，尋找一個共相、
一個特徵，那麼這個共相應當就是「自然」二字，此「自然」是淵明
對於宇宙運行規律的瞭解，是一種造化推移、萬物「自爾獨化」的形
上觀；同時，此「自然」也是淵明在天地萬物自然遷化的體認下，用
以持身應物，以爲人當委運任化的人生觀；並且，此「自然」更是淵
明在詩歌創作上所體現的擯棄雕鏤縟采，追求平淡質樸、直抒胸臆的
美學觀，所謂文如其人、人如其文，而對於淵明來說，連貫其人格和
作品之間的力量和脈絡就在「自然」，所以明人王彝〈跋臨流賦詩圖〉
曾謂：

> 陶淵明臨流則賦詩，見山則忘言，殆不可謂見山不賦詩，
> 臨流不忘言；又不可謂見山必忘言，臨流必賦詩。蓋其胸
> 中似與天地同流，其見山臨水，皆是偶然；賦詩忘言，亦
> 其適然。故當時人見其然，淵明亦自言其然；然而爲淵明
> 者，亦不知其所以然而然也，又何以知其然哉！蓋得諸其
> 胸中而已。〔註19〕

其次，再從詩歌文本來看，由於陶潛人生理想與價值的歸趣和實際田
園生活的影響，淵明詩中固富於田園之寫，可是其中亦不乏說理之
作，吾人雖無法斷言是「田園」先於「說理」，還是「說理」先於「田
園」，然端就詩中的理思和理趣來看，不僅是淵明自身受有主張委運
任化、與自然泯一的玄學思潮的印記〔註20〕，並且其詩作亦當歸屬於

〔註19〕引自〔明〕王彝：《王常宗集》（臺北：臺灣商務印書館影印文淵閣
　　　　四庫全書，集部一六八），卷三，頁1229～424。
〔註20〕羅宗強先生以爲：「從玄學的基本品格而言，則它在人生態度、人生
　　　　目的上還是有一個最基本的要求的，那便是以一種委運任化的人生
　　　　態度，達到物我一體、心與道冥的人生境界。」而「把這樣一種人
　　　　生態度付之實踐，並且常常達到萬物一體與道冥一的，是陶淵明。」
　　　　又說：「從委運任化走向與自然冥一，這就是玄學思潮在陶淵明身上
　　　　留下的印記。」參看氏著：《玄學與魏晉士人心態》（臺北：文史哲
　　　　出版社，民國81年11月初版），第四章、第五節〈陶淵明：玄學人

玄言詩中「以玄入詩」、「以詩談玄」的表現，甚至是前人對「詩」、「玄」不斷嘗試與經驗積累的成熟之作，故能極好地融匯情、景、事、理於一爐，既營造出閑適幽靜的心境，又蘊涵深邃玄遠的哲思，然後出之以藝術可感的形象，襯之以平淡自然的語言，每令後世讀者擊節贊歎，誠如陳怡良先生所論：

> 在魏晉詩壇上，哲理詩、玄言詩，一般皆墜入談玄論佛之五里霧中，缺少情趣、風味，自我沈溺于虛幻、宗教之境界中，難以自拔，而令人生厭。此時唯有淵明本身能建立一個調和儒、道、釋三家思想精華之哲學理念，以「自然遷化」作爲其創作之原動力，運用「寫意」手法，「化虛玄爲不玄」，去除理障、事障，使其雖以哲理入詩，然表現得有理趣，有情味，開創我國詩歌自敘事、抒情、寫景之層次，提昇入哲理境界，調和情、景、理，達於一和諧圓融之藝術境域，以「意境」勝人，在詩史上，別創一格，永保其藝術魅力，方能傳誦千古，歷久不衰。〔註21〕

第二節　山水與玄言

　　《文心雕龍・物色篇》說：「若乃山林皋壤，實文思之奧府」、又說：「然屈平之所以能洞監風騷之情者，抑亦江山之助乎？」，一語道出了風物景色呈現予文人的感發和供給創作題材的資糧，而這種人對自然的發現，由於魏晉以來自我意識的覺醒，並在主體精神擺脫了道德、倫理等儒家意味濃厚的單向度思維之後，人們看待山水的態度，也從「仁者樂山，智者樂水」──那種以山水爲道德精神的象徵和比擬的一端，走向了審美觀照的一端，進而開啓了山水的獨立審美意

生觀的一個句號〉，頁367～386。

〔註21〕陳先生或許對於魏晉之哲理詩、玄言詩定義不同，以致有著不同的評價，不過對於淵明詩藝術成就的分析，當是確論。參看氏著：〈陶謝兩家理趣詩之比較〉，收於《第三屆中國詩學會議論文集──魏晉南北朝詩學》（國立彰化師範大學，民國85年5月），頁223～279。

識。特別是典午南遷之後，「他們從粗獷的風沙的北國，來到了山水明瑟的江南，面對的是四時蒼郁的景色，或杏花春雨，或鶯飛草長，或淡煙疏柳，或漁歌晚唱」〔註22〕，是以從「江山之助」的觀點來看，山水題材的詩歌表現能有質量雙美的收獲，地理因素的有利條件自有其相當的影響存在。只是光有好山好水仍然不夠，外在條件的具足雖然是必要但卻未充分，它必須配合著內在的驅力、有著一份幽情雅興，然後山水審美的活動才能產生，起自西晉，那種金谷園式的山水觀遊已經進入到了士人的生活中來，及至過江後，登山臨水更是從奢華物質生活的點綴，深化到內心需求的精神層面來，《世說新語‧言語篇》載云：

> 顧長康從會稽還，人問山川之美，顧云：「千巖競秀，萬壑爭流，草木蒙其上，若云興霞蔚。」（〈言語篇‧八十八條〉）
>
> 王司州至吳興印渚中看，嘆曰：「非唯使人情開滌，亦覺日月清朗。」（〈言語篇‧八十一條〉）〔註23〕

又《晉書‧羊祜傳》云：

> 祜樂山水，每風景必造峴山置酒，言詠終日不倦。嘗慨然歎息，顧謂從事中郎鄒湛等曰，自有宇宙，便有此山。由來賢達勝士，登此遠望，如我與卿者多矣，皆湮滅無聞，使人悲傷。如百歲後有知，魂魄猶應登此也。〔註24〕

所以山水不只是賦予觀賞者有審美的感動，它更可以怡情、暢懷、興詠，《莊子‧知北遊》說：「山林與！皋壤與！使我欣欣然而樂與！」〔註25〕、〈外物篇〉說：「心無天遊，則六鑿相攘。大林丘山之善於人

〔註22〕參看羅宗強：《玄學與魏晉士人心態》（臺北：文史哲出版社，民國81年11月初版），第四章、第三節、三〈山水怡情與山水審美意識的發展〉，頁329～330。

〔註23〕見余嘉錫：《世說新語箋疏》（臺北：仁愛書局，民國73年10月版），頁143、138。

〔註24〕見〔唐〕房玄齡等撰：《晉書》（冊二）（臺北：鼎文書局，民國76年1月五版），卷三十六、列傳第四，頁1020。

〔註25〕見〔清〕郭慶藩：《莊子集釋》（臺北：木鐸出版社，民國77年元月再版），頁765。

也，亦神者不勝。」〔註26〕可見人在山水觀遊的活動中，非惟有「屢借山水以化其鬱結」（孫綽〈蘭亭詩後序〉）的作用，更是道家世界觀底下，那種主體以其自然之性分冥契於天地自然之理序的主客交融，是對造化之密的探索，也是對自我的重新發現。因此，有了水秀山明的外在條件，有了登山臨水的閒情逸趣，有了性分自然的心理歸趨，所以山水便能以著自然之道的代言身份，與精神主體交響出多元紛呈的面貌，孕育了山水詩篇的昌盛，恢廓了山水意境的玄遠。

一、「莊老告退，而山水方滋」詮解

關於晉、宋之際詩體變遷的現象，《文心雕龍・明詩篇》曾論曰：「宋初文詠，體有因革，莊老告退，而山水方滋，儷采百字之偶，爭價一句之奇，情必極貌以寫物，辭必窮力以追新，此近世之所競也。」〔註27〕彥和的此段論述，向爲歷來研究者探賾晉、宋詩歌發展與轉變的重要文獻，只是各家解讀不同，因而對文獻的把握遂產生歧異，從而也影響了對於文運轉折的理解，尤其是對於此際山水詩的論斷，往往關係著由東晉玄言詩到劉宋山水詩的發展之跡，論證的理據必訴諸於對玄言詩的特質與流變的理解，是以本文在處理從玄言到山水的問題時，首先要面對的，就是如何在玄言詩史的脈絡下，來詮解「莊老告退，山水方滋」的文獻問題？以及詮釋結果對照於實際詩歌作品的效力問題？然後讓詩歌本身直接地來和文獻對話，以廓清詩歌史上的一段糾結。

在「莊老告退，而山水方滋」的解讀上，約略可析爲兩派意見，一派是主張山水詩的興起，取代原有「淡乎寡味」的玄言詩，宣告了玄言詩的終結，如蒲友俊先生說：「玄言詩衰落，不是被別的詩體而僅僅被山水詩所代替」、「所以到了晉、宋之際，以自然美的詠嘆代替玄言的呻吟而刷新詩壇就是順理成章的事了。」又說：「那種認爲山

〔註26〕同前註，頁 939。
〔註27〕引自李曰剛：《文心雕龍斠詮》（下冊）（臺北：國立編譯館中華叢書編審委員會，民國 71 年 5 月），頁 239。

水詩只是玄言詩的繼續，莊老並沒有「告退」的看法，實質上就是抹殺了山水詩的產生在文學史上的革新意義和美學價值。」〔註28〕，至於另一派則是主張莊老並沒有「告退」，而是在「山水以形媚道」的轉換裏，以著「山水喬裝的姿態又出現了」，如王瑤先生說：「現在既然在生活的感受和幻覺中知道了山水是最能表達造化之功、自然眞象的，那麼便把山水當作一種導體，一種較單純說明的語言更充足適當的導體，來表現那宇宙人生的本體——道，不是更能「盡意」嗎？由玄言詩到山水詩的變遷，所謂「老莊告退而山水方滋」，並不是詩人們底思想和對宇宙人生的變遷，而只是一種導體，一種媒介物的變遷。」〔註29〕然而從玄言與山水兩種題材的互動來看，正如同本文於〈六朝玄言詩的發展期〉所描述的，西晉玄言詩的特徵之一，就是在玄言詩的內容上加入了許多自然景物的描寫，如嵇喜、孫楚、曹攄、張協、何劭，都類似的作品產生，下逮東晉更是其流彌廣，如蘭亭集會的諸作就是典型的作品，故而從玄言詩的發展脈絡來看，玄言與山水的互動淵源甚早，不必等到晉、宋之際才「方始滋生」，誠如王文進先生所訓解的：

> 明詩篇這段文字的差錯出在後人對兩個關鍵字的誤解，導至毫釐千里之失。這兩個字分別爲「體有因革」的「因」及「山水方滋」的「方」，前者標明劉氏對宋代山水詩形成之前有所承的透視；後者強調山水詩在宋代，經過了沿革之後，此時正是如草木繁盛貌。後人因爲忽略了「因」字的沿襲意義，於是一誤再誤地將將「方」字也訓爲「剛剛」的意思，當然很容易使人認爲山水詩的形成是「由於詩風突變」而來。〔註30〕

〔註28〕參看蒲友俊：〈玄言・山水・謝靈運〉一文，收於《四川師院學報》，1983年第三期，頁66～71。

〔註29〕參看王瑤：《中古文學史論》（臺北：長安出版社，民國75年6月三版），〈玄言・山水・田園——論東晉詩〉，頁47～83。

〔註30〕雖然王先生認爲「莊老告退」應該解釋爲「終於把歷代以來瀰漫在詩壇上談莊說老的玄言作風完全掃除」，不甚符合晉、宋之際，山水、

可見任何的詩體的興起和沒落，都不是突然的，總有它的前驅和對後來的影響，當然「玄言」與「山水」的轉變亦不能脫此規律，然而，究竟「玄言」在「山水詩」中如何「喬裝」？或者說山水與詩人以著何種面貌或形式來進行交感對話？一切的答案，全都須歸結到晉人那種以道家哲理爲根底的山水觀，宗炳〈畫山水序〉說：

> 聖人含道暎物，賢者澄懷味像。至於山水，質有而趣靈，
> 是以軒轅、堯、孔、廣成、大隗、許由、孤竹之流，必有
> 崆峒、具茨、藐姑、箕、首、大蒙之遊焉，又稱仁智之樂
> 焉。夫聖人以神法道，而賢者通；山水以形媚道，而仁者
> 樂。不亦幾乎？〔註31〕

正由於天地萬物無一不是「道」化身，宇宙的理序無一不是「道」表現，所以說「山水質有而趣靈」、「山水以形媚道」，特別是「魏晉時代的知識分子，在老、莊思想的影響之下，玄學風氣的沐浴裏，嚮往求仙、企慕隱逸，目的都是在忽忘形骸，返乎自然，追求心神的超然無累。由於自然山水遠離俗世塵纓，是求仙之所、隱逸之處，因此在通過求仙、隱逸以追求玄遠的風尚裏，開始親近自然，愛好山水。他們發現山水不但有解憂散懷的功用，並且進一步意識到山水的本身即表現自然造化之道，揭露宇宙存在之理；觀賞山水的自然顯現與律動，即能在物我情契中冥合於老、莊的虛靜無爲、逍遙無待的境界。」〔註32〕是以在道家「天地與我並生，萬物與我爲一」的世界觀裏，這

玄言交響的實情，然其透過「因」、「方」二字的解釋，肯定山水詩有其繼承性、山水詩至劉宋而大盛的看法，則屬事實。見氏著：〈「莊老告退，而山水方滋」解——兼評 J.D. Frodsham「中國山水詩的起源」一文〉，收於《中外文學》第七卷、第三期，（民國67年8月），頁4～17。又，洪順隆先生也認爲「山水方滋」是說「山水詩達到鼎盛」的意思，參看〈山水詩起源與發展〉新論〉一文，收於《六朝詩論》（臺北：文津出版社，民國74年3月再版），頁61。

〔註31〕 引自陳傳席：《六朝畫論研究》（臺北：臺灣學生書局，民國80年5月初版），第五章〈畫山水序〉點校注譯，頁123。

〔註32〕 參看王國瓔：《中國山水詩研究》（臺北：聯經出版社，民國85年7月初版四刷），第三章〈遊覽與山水〉，頁120。

種強調「人的自然化」﹝註33﹞的哲學精神，也就讓人與自然之間取消了對立性﹝註34﹞，進而由此所啓發的藝術精神，也重視這種契應於自然同一性，誠如文潔華先生所論：

> 中國自然文學或山水畫，受道家思想之影響者，不停留在形軀再現或認知寫實，除狀自然之美外，皆重在作品中透顯出無限的宇宙生命——道之神髓，及順應此道之主觀心境。「其透過自然之形而超越之時，所得之境界，遂爲一忘我、忘物，亦忘神之解脫境。﹝註35﹞

因此，從形式意義來看，玄言題材與山水題材的交融，早在西晉時期便有了源頭，降及江左，一方面有著秀麗山水的「江山之助」，一方面又緣於莊、老的盛行、自我精神的重視和崇尚自然等心理驅力，於是追求玄遠寧靜的恬淡心境便與幽美秀麗的風景結合起來，開啓了登臨觀遊的風尚和山水審美的意識，並且山水與玄言的交響，還

﹝註33﹞李澤厚先生曾提出「自然的人化」和「人的自然化」這一對命題，並認爲「如果儒家講的是「自然的人化」，那麼莊子講的便是「人的自然化」：前者講的人的自然性必須符合和滲透社會性才成爲人；後者講必須捨棄其社會性，使其自然性不受污染，並擴而與宇宙同構才能是真正的人。莊子認爲只有這種人才是自由的人、快樂的人，他完全失去了自己的有限存在，成爲與自然、宇宙相同一的『至人』、『神人』和『聖人』。所以，儒家講『天人同構』、『天人合一』，常常是用自然來比擬人事、遷就人事、服從人事，莊子的『天人合一』，則是要求徹底捨棄人事來與自然合一；儒家從人際關係中來確定個體的價值，莊子則從擺脫人際關係中來尋求個體的價值。」參看氏著：《華夏美學》（臺北：三民書局，民國85年9月初版），第三章〈儒道互補〉，頁87。

﹝註34﹞文潔華先生說：「道家言心與物相遇，並非指主體對客體的觀賞。（於此，西方審美觀念中言表現，或移情於物甚至直覺主義，都未能抵道家物我爲一之境的形上層次，因仍是把持主客二分的模式也）而是在物我絕對之境中，與物俱往，遊心於物。如唐君毅先生云：『心物兩泯，而唯見氣韻與豐神。』（唐君毅：《中國文化之精神價值》頁301）此中，無所謂時間空間，乃無限永恆者。」見氏著：《藝術自然與人文——中國美學的傳統與現代》（臺北：允晨文化實業股份有限公司，民國82年9月初版），第二章〈道家藝術精神論人與自然〉，頁97～98。

﹝註35﹞同前註，頁98。

有一重要的內容意義，此一意義外化爲觀遊活動的排憂解鬱、暢豁胸懷、淨化心靈與生命安頓，而此外化現象的內在根源則是基於「山水以形媚道」、山水是宇宙本體的「導體」，於是原初玄言詩人那種對造化之理的抽象描述，在這裡便可轉換成具象的山水，讓詩人在情景的交融中，呈顯出理，從而也使得詩歌更具有空間和色彩的表現美感。是以，從這個角度來看，莊老並沒有告退，而是以著山水的形式深化於詩歌當中，並且這種「以莊老爲意，山水爲色」〔註36〕的手法，便在實際作品裏回應了「莊老告退，而山水方滋」的一段詩歌發展問題。誠如戴燕先生所論：

> 田園詩和山水詩實際上還是玄言詩的自然延伸，或者說玄言詩在田園與山水裏找到了更恰當更有力的表現樣式。……自從《文心雕龍‧明詩》說過：「宋初文詠，體有因革，莊老告退，而山水方滋」這段話以來，玄言詩和山水田園詩被劃成了兩個截然不同的詩歌時代。按照一種簡單而又武斷的邏輯，後來的一定比以前的好，後來的一定是對以前的一種革新，於是人們總抬高山水田園而貶低玄言詩，並且割斷了兩者之間本來十分密切的關係，於是玄言詩被打入冷宮漸次湮沒，詩作也逐漸散佚，而田園詩、山水詩裏那種濃重的曠達、自然韻味也由於失去了來源而被人忽略不計，可是，田園、山水如果失去了哲理玄思的投射而僅僅是田園、山水，那麼它還能引發人們悠遠的情思和不盡的遐想嗎？〔註37〕

這裏道出了玄言向田園、山水的發展演變，也說明了玄言促進田園、山水的積極作用。

二、殷仲文、謝混

在討論謝靈運的山水詩篇之前，還有兩位作家必須先予處理，檀

〔註36〕見錢鍾書：《談藝錄》（臺北：書林出版有限公司，民國77年11月），附說十九〈山水通於理趣〉，頁239。
〔註37〕參看戴燕：《玄意幽遠——魏晉玄學風度》（昆明：雲南人民出版社，1997年6月一版），頁131。

道鸞《續晉陽秋》於論列「詢、綽並爲一時文宗，自此作者悉體之」
之後，又說「至義熙中，謝混始改」〔註38〕，而相同的說法亦可見於
其它的論述，如沈約《宋書・謝靈運傳》：「仲文始革孫、許之風，叔
源大變太元之氣」〔註39〕、蕭子顯《南齊書・文學傳論》：「江左風味，
盛道家之言，郭璞舉其靈變，許詢極其名理，仲文玄氣，猶不盡除，
謝混清新，得名未盛。」〔註40〕在這裡，都提到了殷、謝兩人對改易
詩風的努力，及其在詩運演變上的轉折地位，以下便各舉其〈南州桓
公九井作詩〉與〈遊西池詩〉，來觀察其演變，殷仲文〈南州桓公九
井作詩〉云：

> 四運雖鱗次，理化各有準。獨有清秋日，能使高興盡。
> 景氣多明遠，風物自淒緊。爽籟驚幽律，哀壑叩虛牝。
> 歲寒無早秀，浮榮甘鳳隕。何以標貞脆，薄言寄松菌。
> 哲匠感蕭晨，肅此塵外軫。廣筵散汎愛，逸爵紆勝引。
> 伊余樂好仁，惑去吝亦泯。猥首阿衡朝，將貽匈奴哂。

（中冊・頁933）

詩中所詠大抵是秋高氣爽，萬物凋零的景象，如五、六句說：「景氣
多明遠，風物自淒緊」，寫秋天的景色雖明朗清遠，可是草木卻因時
序的推移而呈顯出淒寒緊迫的姿態，所以疾風在山中激吹出幽淒的音
律，於虛壑中奏出哀鳴的聲響，而當此寒冷的時節，非但看不到早發
的葉苗，就連原本浮榮於枝頭的花朵也隨風殞落，只是在此蕭瑟的物
候之中，詩人所體悟到的卻是四時更替本是像魚鱗般的秩序井然，萬
物的生滅變化各有應然的準則，因以詩中雖富於景致之寫，但是「玄
氣猶不盡除」。再看謝混的〈遊西池詩〉：

> 悟彼蟋蟀唱，信此勞者歌。有來豈不疾，良遊常蹉跎。

〔註38〕引自徐震堮：《世說新語校箋》（臺北：文史哲出版社，民國74年7
　　　月初版），頁143。
〔註39〕見〔梁〕沈約：《宋書》（臺北：鼎文書局，民國76年5月五版）（冊
　　　三），卷六十七、列傳第二十七〈謝靈運〉，頁1778。
〔註40〕見〔梁〕蕭子顯：《南齊書》（臺北：鼎文書局，民國76年元月五版），
　　　卷五十二、列傳第三十三〈文學〉，九〇八。

逍遙越城肆，願言屢經過。迴阡被陵闕，高臺眺飛霞。

惠風蕩繁囿，白雲屯曾阿。景昃鳴禽集，水木湛清華。

褰裳順蘭沚，徙倚引芳柯。美人愆歲月，遲暮獨如何。

無爲牽所思，南榮戒其多。（中冊‧頁943）

詩爲益壽偕友人同遊西池之作，其中「惠風蕩繁囿，白雲屯曾阿。景昃鳴禽集，水木湛清華。褰裳順蘭沚，徙倚引芳柯。」六句，寫和風輕拂，讓苑囿中繁茂的草木搖拽生姿，白雲如絮，屯聚於層巒深處，及至日影西斜，飛禽鳴響，西池的碧水與池邊的綠樹相映成趣，點染出西池的幽麗的景致來，只是對此日暮黃昏，也引發了詩人的遲暮之感，散發出一種悲涼的情調，然而如何來排遣這種愁思呢？，詩人在《莊子》那裏找到了解答，〈庚桑楚〉記載庚桑子答南榮之問：「全汝形，抱汝生，無使汝思慮營營。」成玄英解釋道：「不逐物境，全形者也；守其分內，抱生者也。既正分全生，神凝形逸，故不復役知思慮，營營徇生也。」〔註41〕是知「無爲牽所思，南榮戒其多」一句，典源於此，意在「無使汝思慮營營」，然後能「正分全生」、「神凝形逸」，不再爲人壽短促、年華易老攖懷。

因此，從玄言詩的角度來看，殷、謝兩人雖多有景物的狀寫，但是詩中也還表現玄思、留有玄語，而從山水詩的角度來看，則其中已有對景物的詳細刻畫，故亦可視爲玄言向山水轉變的佐證之作。

三、謝靈運：山水閒適，時遇理趣

講山水詩之所以強調謝靈運，乃是著重於山水到了大謝，方才告別了作爲遊仙、詠懷詩的憑藉題材，取得獨立的地位，並且以著精巧的語言、工麗的雕琢模山範水，更在於康樂寫山水詩的動機，實在是他對大自然有著一份根本的喜愛和欣賞的雅趣，有了這份生命情調，再加上一身的才華，所以也就奠定了他在山水詩史上的地位，如何焯《義門讀書記》稱賞說：「謝客山水之作，眞開闢手。」而王漁洋《帶

〔註41〕同註25，頁 777～778。

經堂詩話》更盛讚他「始創為刻畫山水之詞，務窮幽極渺，抉山谷水泉之情狀，昔人所云『莊老告退，而山水方滋』者也。宋、齊以下，率以康樂為宗。」〔註42〕

　　然而從玄言詩史的角度來看，康樂雖擅於山水之寫，但是詩中卻仍寓含玄言，雖然兩者的主、客自殊，本末有別，可是莊、老尚未從詩中完全告退則是事實，林文月先生說：「其詩篇之中雖亦時時參雜有莊老的哲理，但是只能視為藉以防止純粹山水描寫的單調，和增加詩意深刻的功用，卻無論在分量上或情調上都不能把全詩導向玄言或遊仙的方向。易言之，謝靈運的詩乃以山水賞美為主，莊老思想則退居次位」〔註43〕，說「增加詩意的深刻」、說「以山水賞美主，莊老思想退居次位」，這是玄言對於山水詩的積極作用，也是本文視謝靈運為玄言詩轉變期的理據所在。

　　黃子雲：《野鴻詩的》說：「康樂於漢魏外別開蹊徑，舒情綴景，暢達理旨，三者兼長，洵湛睥睨一世。」〔註44〕「舒情綴景，暢達理旨」這裡道出了謝客的山水詩風貌，也道出玄言題材在山水詩中的表現樣態，我們在〈醞釀期〉裏說稽康的玄言詩常是循著「世務紛紜」、「生若浮寄」，因而「棲心玄遠，意欲「越名教而任自然」的模式來開展，那麼在康樂的詩中，這個意脈便表現為「記遊→寫景→興情→悟理」〔註45〕，以下即透過實際作品來考察靈運詩中玄趣與玄思。

〔註42〕見〔清〕王漁洋：《帶經堂詩話》（臺北：清流出版社，民國65年10月十日）。

〔註43〕參看林文月：《山水與古典》（臺北：三民書局，民國85年6月初版），〈從遊仙詩到山水詩〉，頁22。

〔註44〕引自〔清〕王夫之等撰、丁福保編：《清詩話》（臺北：木鐸出版社，民國77年9月初版），《野鴻詩的》七十七條，頁862。

〔註45〕林文月先生透過作品的分析，認為謝詩有「一種井然的推展次序：記遊→寫景→興情→悟理，這種新穎的布局結構一再呈現於靈運個人的詩篇中，也為鮑照等人所追隨模倣。」同註22，頁53。另外，王鍾陵先生也持有相同的看法，他說謝靈運的登游詩常常分為三個部份：「記登游、寫景物、發玄悟」。參看王鍾陵：《中國中古詩歌史》（江蘇：江蘇教育出版社，1988年5月一刷），頁562。

其〈登永嘉綠嶂山詩〉云：

裹糧杖輕策，懷遲上幽室。行源逕轉遠，距陸情未畢。
澹瀲結寒姿，團欒潤霜質。澗委水屢迷，林迴巖逾密。
眷西謂初月，顧東疑落日。踐夕奄昏曙，蔽翳皆周悉。
蠱上貴不事，履二美貞吉。幽人常坦步，高尚邈難匹。
頤阿竟何端，寂寂寄抱一。恬如既已交，繕性自此出。

（中冊・頁 162）

本詩爲謝靈運遊綠嶂山所作，詩中運用了山、水交錯的句法，構成了
一種水色與山光交映的效果，特別是「澹瀲」以下四句，寫溪水澹澹，
水氣瀰漫成一股寒冷的景致，修竹環合，愈經秋霜之凍，愈顯出青潤
的色澤，而澗流蜿蜒，夾岸的林木也隨之蔓延至深處，然後詩人陶醉
在此幽靜秀美的風光中，忘卻了日已昏黃。而「蠱上」以下，即筆鋒
一轉，由興情轉至悟理，「蠱上」謂《蠱卦・上九》，所謂「不事王侯，
高尚其事」〔註46〕，「履二」謂《履卦・九二》，言「履道坦坦，幽人
貞吉」〔註47〕，靈運於此託言幽人的胸懷坦蕩，隨遇而安，以借喻自
己在寂靜的心境中抱一守道（《老子・二十二章》云：抱一以爲天下
式），如同《莊子・繕性》所說的「以恬養知，知生而無以爲知也，
謂之以恬養知。知與恬相交養，而和理出其性。」〔註48〕以智慧來涵
養恬靜，那麼智慧與恬靜交相涵養，和順之性也就自然地流露出來
了。〔註49〕可見，詩中雖寫景細膩，麗情密藻，極富於狀繪山川之美，
但是有了理思的加入，則詩人所得到的不再只是感觀的享受，而是提
升到了精神的層面，借由山水靈秀的啓發，感受其幽靜恬淡之美，然
後以此恬靜涵養心性，以此心性涵養恬靜，而能抱一守道，流露其體

〔註46〕見徐志銳：《周易大傳新注》（濟南：齊魯書社，1988 年 3 月三刷），
頁 125。
〔註47〕同前註，頁 75。
〔註48〕同註 25，頁 548。又，觀《莊子・繕性》之語，則「恬如既已交」
當作「恬知既已交」。
〔註49〕參看陳鼓應：《莊子今註今譯》（臺北：臺灣商務印書館，民國 70 年
11 月五版），頁 444。

性之本眞。

又如〈登江中孤嶼詩〉：

江南倦歷覽，江北曠周旋。懷新道轉迥，尋異景不延。
亂流趨孤嶼，孤嶼媚中川。雲日相輝映，空水共澄鮮。
表靈物莫賞，蘊眞誰爲傳。想像崑山姿，緬邈區中緣。
始信安期術，得盡養生年。（中冊・頁 1162）

〈石壁精舍還湖中作詩〉：

昏旦變氣候，山水含清暉。清暉能娛人，游子憺忘歸。
出谷日尚早，入舟陽已微。林壑斂暝色，雲霞收夕霏。
芰荷迭映蔚，蒲稗相因依。披拂趨南徑，愉悅偃東扉。
慮澹物自輕，意愜理無違。寄言攝生客，試用此道推。

（中冊・頁 1165）

〈從斤竹澗越嶺溪行詩〉：

猿鳴誠知曙，谷幽光未顯。巖下雲方合，花上露猶泫。
逶迤傍隈隩，迢遞陟陘峴。過澗既厲急，登棧亦陵緬。
川渚屢徑復，乘流翫迴轉。蘋萍泛沈深，菰蒲冒清淺。
企石挹飛泉，攀林摘葉卷。想見山阿人，薜蘿若在眼。
握蘭勤徒結，折麻心莫展。情用賞爲美，事昧竟誰辨。
觀此遺物慮，一悟得所遣。（中冊・頁 1166）

此中，或由江中孤嶼雲日相映、水天一色之景，而感悟到山河大地皆
爲天地靈秀之氣的顯現，只是世人多不知欣賞它的價值，從而其中所
蘊藏的自然意趣也無以爲傳，接著詩人望風懷想，感覺到自身猶如浪
形於崑崙仙境，遠離了世俗的煩囂，然後才領略到安期生的養生之
道，由此可以盡其生年；或從日夕光線與氣候的變化中，油然生出一
種清暉娛人之感，然後在一片雲霞已爛、芰荷映蔚、蒲稗相因的景致
裏，覺得心胸爲之一闊，塵俗洗滌一清，而修養身心的道理，不也就
在這蠲棄思慮的紛擾、愜理而不相違礙之中；或隨觀遊動線的變化，
描繪登臨的物色，然興情悟理，所深刻體會的仍是那山川的清麗之美
對於心靈的淨化和抑鬱的排解。

餘如〈述祖德詩之一〉寫:「達人貴自我,高情屬天雲。兼抱濟物性,而不纓垢氛」、〈之二〉:「遺情捨塵物,貞觀丘壑美」、〈遊赤石進帆海詩〉:「矜名道不足,適己物可忽」、〈登石門最高頂詩〉:「沈冥豈別理,守道自不攜。心契九秋榦,目翫三春荑。居常以待終,處順故安排」、〈過白岸亭詩〉:「榮悴迭去來,窮通成休感。未若長疏散,萬有恆抱朴」,無一不是於山水觀遊中,體悟天地造化之機,契應自然推移之理,感發接物持身之道的作品,因而朱自清先生曾論靈運詩說:「他的自然的哲學和出世的哲學教他沈溺在山水的清幽裏。他是第一個在詩裡用全力刻畫山水的人;他也可以說是第一個用全力雕琢字句的人。」﹝註50﹞而在這「記遊→寫景→興情→悟理」的詩歌意脈裏,所顯現的就是一種「玄思與審美的二元山水觀」﹝註51﹞。

至於,謝詩何以會在遊覽賞景之中牽引出玄理的歌詠?此中,固然有靈運緣於個人際遇,那種未能忘懷自己「於穆冠族」的身分,卻又難申大志、「常懷憤憤」的心理因素可說,然而也有世風時尚與詩歌自身發展脈絡的影響,譬如林文月先生即認為:首先從靈運個人的遭遇來看,誠如白居易〈讀謝靈運詩〉所說:「謝公才廓落,與世不相遇。壯士鬱不用,須有所洩處。洩為山水詩,逸韻諧奇趣。」正因自然之美可以讓人「欣欣然樂焉」,又可藉以「化其鬱結」,同時生動變幻的自然現象又與變化的道冥契,致人玄遠,加以他又生於道家思想極濃厚的時代,「所以在他登臨山水,賞美景洩鬱悶之餘,莊老的哲理玄思油然而生,乃是極自然的情形。何況道家的達觀思想也確實能使他的寂寞與鬱悶暫時得寄託與安慰。」其次,從詩歌的發展來看,

---

﹝註50﹞ 見朱自清:《經典常談》(臺北:三民書局,民國73年3月三版),〈詩第十二〉,頁98。

﹝註51﹞ 王力堅先生認為,說「莊老告退,而山水方滋」則與事實不符,事實是:「玄風熾烈之時,山水已滋;而山水大盛之際,玄風猶存」、又說:「東晉文人既有玄思的山水觀,也有審美的山水觀。而這兩種山水觀,恰恰也疊合復現在『元嘉之雄』——謝靈運對山水的認識態度上。」參看氏著:《南朝的唯美詩風——由山水到宮體》(臺北:臺灣商務印書館,1997年12月初版),頁31~33。

文學史上的任何一種現象。其興起與沒落都不可能是突然的，所以山水詩接續遊仙、玄言詩而起，卻也未能一時盡去玄理，「故劉勰所謂『宋初文詠，體有因革，莊老告退，而山水方滋』，只是指示詩的寫作方向的自然而逐漸的轉變而已，這句話當然是不能視爲截然的二分法的。」〔註52〕

　　清人沈德潛論康樂詩曰：「流覽閒適中，時時淶洽理趣」〔註53〕、王夫之謂：「謝靈運一意迴旋往復，以盡思理，吟之使人卞躁之意消」〔註54〕、劉熙載說：「陶、謝用理語，各有勝境」〔註55〕，又歸愚《古詩源》云：「前人評康樂詩，謂『東海揚帆，風日流麗』。此不甚允，大約經營慘淡，鈎深索隱，而一歸自然。山水閒適，時遇理趣，匠心獨運，少規往則」〔註56〕，是知前人多已留意謝詩中之於莊老玄理的欣趣，而據林文月先生統計，在今存康樂三十三首山水詩中，寓含玄理者爲二十三首，佔三分之二強〔註57〕，足見晉、宋之際，莊老並未告退，而是逐漸融入於山水詩中，然後由主位退居客位，漸趨殞沒，所以談玄言詩的轉變，大謝的山水詩必是其中的一大轉折點。

〔註52〕同註43，〈中國山水詩的特質〉，頁25～65。

〔註53〕同註44，《說詩晬語》六十三條，頁532。

〔註54〕同註44，《薑齋詩話》卷上、十四條，頁6。

〔註55〕轉引自北京大學中國文學史教研室選注：《魏晉南北朝文學史參考資料》（臺北：里仁書局，民國81年3月16日），輯錄《藝概・詩概》之語，頁468。

〔註56〕同前註，頁467。

〔註57〕同註43，頁64。

第七章　六朝玄言詩的衰退期

　　本期在時間的斷限上，大抵接續著謝靈運之後，下逮於陳末，其中，除了將康樂劃爲玄言詩發展進程的轉變人物外，乃泛指南朝而言，是以環顧整個六朝玄言詩史來看，其發展、演變之跡，可說是濫觴於建安、確立於正始、發展於太康、鼎盛於江左、轉變於晉宋、衰退於南北朝。

　　至於要推究玄言詩的衰退源由，此中固然有許多內在與外在、及其交互影響的原因可說，然撮其要者，約可由三方面來加以觀察：

　　首先，南朝是個崇尚唯美文學的時代，他們講究對偶、重視聲律、好用典故，雕琢辭采〔註1〕，這種對於文學美的喜好和追求，或可追溯於太康時期，那種「結藻清美，流韻綺靡」（《文心雕龍‧時序》）、「或析文以爲妙，或流靡以自妍」（《文心雕龍‧明詩》）以及宋初「儷采百字之偶，爭價一句之奇，情必極貌以寫物，辭必窮力以追新」（《文心雕龍‧明詩》）的源頭，從而斯風愈烈，甚而演爲一種文學的形式

〔註1〕　張仁青先生曾論：魏晉南北朝之唯美文學，無論內容形式，皆異於前代，亦異於後代，乃卓然獨立之特殊文體也，語其特徵，約得四端：一、對偶前工；二、韻律和諧；三、典故繁多；四、辭藻華麗。參看《魏晉南北朝文學思想史》（臺北：文史哲出版社，民國67年12月初版），第二章、第二節〈個人主義之唯美文學勃興〉，頁68～104。

主義〔註2〕，是以李諤於〈上隋高帝革文華書〉中，即描述說：

> 江左齊、梁，其弊彌甚，貴賤愚賢，唯務吟詠。遂復以理
> 存異，尋虛逐微，競一韻之奇，爭一字之巧。連篇累牘，
> 不出月露之形；積案盈箱，唯是風雲之狀。世俗以此相高，
> 朝廷據茲擢士。〔註3〕

當時的文風由此可見一般。而除了在字句刻鏤、運文求對上的「繁
文綺合」外，此時的文風也表現爲「縟旨星稠」的用典隸事，如鍾
記室說顏延、謝莊，「尤爲繁密，於時化之。故大明中，文章殆同抄
書。」〔註4〕、《南齊書・文學傳論》評當時文章「緝事比類，非對
不發，博物可嘉，職成拘制」〔註5〕，這都說明了當時文人以「富
博爲高」〔註6〕的品評風尚。另外，緣於音韻學的發達，也開始講
求詩歌的聲律，所謂「夫五色相宣，八音協暢，由乎玄黃律呂，各
適物宜。欲使宮羽相變，低昂互節，若前有浮聲，則後須切響。一
簡之內，音韻盡殊；兩句之中，輕重悉異」〔註7〕，以達到音聲抑
揚變化的效果。因此，在這個崇尚唯美、著意辭藻的時代裏，玄言
詩所表現的那種「理過其辭，淡乎寡味」的風貌，那種靜謐平淡、

〔註2〕 劉大杰先生於論述「南北朝的文學趨勢」時，其中一項即名之爲「形
　　　 式主義文學的興起」，見氏著：《中國文學發展史》（臺北：華正書局，
　　　 民國80年7月版），頁290～297。
〔註3〕 引自〔唐〕魏徵等撰：《隋書》（冊三）（臺北：洪氏出版社，民國63
　　　 年7月一日初版），卷六十六、列傳第三十一〈李諤〉，頁1544。
〔註4〕 引自王叔岷：《鍾嶸詩品箋證稿》（臺北：中央研究院中國文哲研究
　　　 所，民國81年3月初版），〈詩品總序〉，頁97。
〔註5〕 引自〔梁〕蕭子顯：《南齊書》（臺北：鼎文書局，民國76年元月五
　　　 版），卷五十二、列傳第三十三，頁908。
〔註6〕 《南史・王僧孺傳》云：「其文麗逸，多用新事，人所未見者，時重
　　　 其富博。」又《陳書・姚察傳》云：「每有製述，多用新奇，人所
　　　 未見，咸重富博。」所以王瑤先生論曰：「當時對於文人的評價是以
　　　 富博爲高，文人當然也以富博自矜。」參看氏著：《中古文學史論》
　　　 （臺北：長安出版社，民國75年6月三版），〈中古文學風貌〉之〈隸
　　　 事・聲律・宮體──論齊梁詩〉，頁87～88。
〔註7〕 見〔梁〕沈約：《宋書》（冊三）（臺北：鼎文書局，民國76年元月
　　　 五版），卷六十七、列傳第二十七〈謝靈運傳論〉，頁1779。

悠然玄遠的情調，自然是格格不入，鮮受青睞。並且，要發揮精巧的修辭技法，最好就是有一個具體的東西可供描摹，然後加予細細地刻畫，如果將這具體的對象轉換成抽象的玄理，那麼這些高度的技法也就無處施展了。所以從唯美時尚的角度來看，玄言詩顯然不契應於這個時代。

其次，再從詩體自身的演變來說，所謂「一代有一代之文學」、「一代有一代之所勝」，這是文學發展的普遍規律，而玄言詩「自建武迄乎義熙，歷載將百」，獨佔了東晉詩壇近百年之久，也該是到了它由盛而衰、文運轉換的時候，所以先有田園、山水代興，後有詠物、宮體繼起，而玄言詩遂由詩壇逐漸淡退下來。

最後，從當時人生活的情態上來看，羅宗強先生認為西晉士人追求一種「士當身名俱泰」的人生，所以他們任情縱欲，渴望於物欲的滿足，而東晉士人則從中朝士人放蕩縱欲的趣味裏擺脫出來，留連於山水之間，愛好書法、繪畫和音樂，嚮往著一種高雅寧靜、瀟灑飄逸的人生境界〔註 8〕，可是到了南朝士人，他們似乎又走回到了西晉士人的老路去，他們從山林回到了園林、宮闈，從精神的自適滿足走向了感觀的肉欲享受，於是有所謂宮體詩的產生，著意於描寫女子的情與態，「態包括女性的容貌、體形、歌姿舞態和服飾衣物等；情有樂、愁、怨、恨等，其中包括對青春貌美擁有的歡樂、受寵得意和兩性情愛的快樂；愁包括美人寂寞之愁、韶華零落之愁；怨包括失寵之怨、相思之怨；恨包括身世之恨、遺棄之恨」〔註 9〕，因而整個的心神、興趣都浸淫在這氣氛裡面，「清辭巧制，止乎袵席之間；雕琢曼藻，思極閨房之內」〔註 10〕，以之創作便表現為宮體

〔註 8〕 參看羅宗強：《玄學與魏晉士人心態》（臺北：文史哲出版社，民國 81 年 11 月初版），第三章、第二節〈「士當身名俱泰」：西晉士人心態之主要趨向〉，頁 228～267 及第四章、第三節〈偏安心態的發展及其諸種表現〉，頁 315～356。

〔註 9〕 參看傅剛：《魏晉南北朝詩歌史論》（吉林：吉林教育出版社，1995 五年 12 月一版），第九章、第二節〈宮體詩題材的審美價值論〉，頁 384。

〔註 10〕 見《隋書·經籍志》（冊二），卷三十五，志第三十〈經籍四〉，同註

詩歌，專意於刻畫便需要修辭技巧，於是生活情態與文學創作、表現手法，三者互爲增益，轉相滋衍，風氣遂爲之一變。所以王瑤先生在敘述此一生活情態和詩歌的轉變時，便說道：「由玄言詩到山水詩，在文人們逃避現實和追求玄遠的過程中，還找到了大自然中底新的題材和內容的刺激；在這以後，一方面是文人們生活的墮落不再滿足於自然山水的內容了，左思〈招隱詩〉說：『何必絲與竹，山水有清音」，但到了局限於宮廷和奢侈生活圈子裏的文人們，墮落的生活要求着濃郁的強烈的刺激，便不能再滿足於所謂的『清音』了。……我們可以這樣說，對偶和數典用事的追求，是要求一種建築雕刻式的美；辭采聲色和永明聲律的調諧，是追求一種圖畫音樂式的美；而題材逐漸轉換到宮闈私情，則是追求一種戲劇式的美。雖然這種美都是浮腫的，貧血的，堆砌的，和病態的；但卻都是宮廷士大夫生活墮落的象徵和自然表現。他們要求刺激，但也要求在這裡能顯示出他們的風流高貴和學問淵博。」〔註11〕

　　談某種詩體的衰退，其原因是多元而複雜的，並且衰退的軌跡也不是猝然消失，而是呈顯在和主流題材的相對消長關係裏，所以就南朝的玄言詩作來看，在內容意向與表現方式上，它已難能翻出前此作品的範圍，更重要的是，創作的數量亦不斷的減少，同其它題材的作品呈顯出懸殊的比例，這些現象都意味著玄言詩逐漸淡出詩壇的訊息，而本文將之區界於玄言詩衰退期的理由亦在此。以下，便以作品分析爲進路，分由「山水玄思」、「莊老詠懷」、「佛理之詠」等三條線索來觀察此期玄言題材的實際樣態。

第一節　山水玄思

　　將玄理與山水綰合，雙運於詩，它的源頭乃發軔於中朝，輝煌於靈運，而到了南朝仍有嗣響，雖然在呈顯方式上，並沒有跳脫前期作

3，頁1090。
〔註11〕同註6，頁86。

品於窺情風景之際，抒發人生感慨，或以「玄對山水」，冥契於造化
樞機，但在玄言詩的發展歷史裏，卻也標誌了南朝人的山水玄趣。

　　如劉駿〈初秋詩〉云：

　　　夏盡炎氣微，火息涼風生。綠草未傾色，白露已盈庭。

　　　遠視秋雲發，近聽寒蟬鳴。運移矜物化，川上感餘情。

　　　（中冊・頁 1222）

詩中所詠，乃初秋景色，寫氣候由夏入秋，炎氣轉微，涼風已生，草
木顏色尚綠，可是已見白露盈庭，遠眺是秋高氣爽的景象，近聽是寒
蟬淒切的叫聲，然而詩人置身此中，面對此景，心裏所感受到的卻是
天地萬物自有其消息、自有其變化，詩人看著川水的流逝，遂生一種
造化推移、「逝者如斯」之情，而久久未已。

　　又如鮑照的〈登廬山詩二首之一〉：

　　　懸裝亂水區，薄旅次山楹。千巖盛阻積，萬壑勢迴縈。

　　　巃嵸高昔貌，紛亂襲前名。洞澗窺地脉，聳樹隱天經。

　　　松磴上迷密，雲竇下縱橫。陰冰實夏結，炎樹信冬榮。

　　　嘈囋晨鵾思，叫嘯夜猿清。深崖伏化跡，穹岫閟長靈。

　　　乘此樂山性，重以遠遊情。方躋羽人途，永與煙霧并。

　　　（中冊・頁 1282）

〈從庾中郎遊園山石室詩〉：

　　　荒塗趣山楹，雲崖隱靈室。岡澗紛縈抱，林障沓重密。

　　　昏昏磴路深，活活梁水疾。幽隅秉晝燭，地牖窺朝日。

　　　怪石似龍章，瑕璧麗錦質。洞庭安可窮，漏井終不溢。

　　　沈空絕景聲，崩危坐驚慄。神化豈有方，妙象竟無述。

　　　至哉鍊玉人，處此長自畢。（中冊・頁 1283）

鍾記室謂鮑照詩：「善製形狀寫物之詞」、「然貴尚巧似，不避危仄」
[註12]，黃子雲《野鴻詩的》說：「明遠沈雄篤摯，節亮句遒，又善
能寫難寫之景，較之康樂，互有專長。」[註13] 從明遠這兩首詩中，

[註12] 同註 4，頁 282。

[註13] 引自〔清〕王夫之等撰、丁福保編：《清詩話》（臺北：木鐸出版社，
　　　民國 77 年 9 月初版），《野鴻詩的》七十八條，頁 862。

略可窺其梗概。如前一首寫廬山萬壑千巖，山勢險峻，路轉峰廻，山
澗之深若可窺見地脈，古木高聳似可蔽斷青天，而山徑盤曲，石橋迷
密於上，雲霧蒸騰，彌漫於巖壑之間，加以帀雞晨鳴，清猿夜嘯，如
此佳境，宛如一個仙靈棲息、高士羽化、逸民歸隱的仙界，故而詩人
登臨此山，油然生起一種歸返自然的企慕，想要跟著羽人升舉的道
路，遠離囂塵。又如後一首，寫「幽隅秉晝燭，地牖窺朝日」其句勢
猶如「洞澗窺地脉，聳樹隱天經」，都是透過一種視覺意象來刻畫成
奇詭的藝術效果，然而詩末所抒發的亦同樣是那種學仙羽化、遺世獨
立的情懷。

再看謝朓的〈遊山詩〉：

託養因支離，乘閒遂疲寒。語默良未尋，得喪誰云辯。
幸蒞山水都，復值清冬緬。凌崖必千仞，尋谿將萬轉。
堅崿既峻增，廻流復宛澶。杳杳雲竇深，淵淵石溜淺。
傍眺鬱篁笭，還望林栭槾。荒隩被葳莎，崩壁帶苔蘚。
鼺狖叫層嵔，鷗鳧戲沙衍。觸賞聊自觀，即趣咸已展。
經目惜所遇，前路欣方踐。無言蕙草歇，留垣芳可搴。
尚子時未歸，邴生思自免。永志昔所欽，勝迹今能選。
寄言賞心客，得性良爲善。（中冊‧頁1424）

何遜〈登石頭城詩〉：

關城乃形勢，地險差非一。馬嶺逐紆回，犬牙傍隆窣。
百雉極襟帶，億庾兼量出。至理歸無爲，善守竟何恤。
眺聽窮耳目，遠近備幽悉。擾擾見行人，暉暉視落日。
連檣入迴浦，飛蓋交長術。天暮遠山青，潮去遙沙出。
薄宦悤師表，屬辭慚愈疾。願乘觳觫牛，還隱蒙籠室。

（中冊‧頁1681）

王僧孺〈秋日愁居答孔主簿詩〉：

首秋雲物善，晝暑旦猶清。日華隨水汎，樹影逐風輕。
依簾野馬合，當户昔耶生。物我一無際，人鳥不相驚。
儻過北山北，聊訪法高卿。（中冊‧頁1763）

玄暉開篇說「託養因支離」，即取意於《莊子》之典，〈人間世〉云：

「支離疏者，頤隱於臍，肩高於頂，會撮指天，五管在上，兩髀爲脇。
挫鍼治繲，足以糊口；鼓筴播精，足以食十人。上徵武士，則支離攘
臂而遊於其間；上有大役，則支離以有常疾不受功；上與病者粟，則
受三鍾與十束薪。」所以說：「支離其形者，猶足以養其身，終其天
年，又況支離其德者乎！」成玄英疏曰：「夫支離其形，猶忘形也；
支離其德，猶忘德也。……夫忘德者，智周萬物而反智於愚，明並三
光而歸明於昧，故能成功不居，爲而不恃，推功名於群才，與物冥而
無跡，斯忘德也。夫忘形者猶足以養身終年，免乎人間之害，何況
忘德者邪！」〔註14〕因爲秉著「支離託養」的人生態度，所以遊於山
水都中，「觸賞聊自觀，即趣咸已展」，並且要寄言賞心客，能自得於
性分所趣，就是良善。又如何遜登城歌詠，因感「至理歸無爲」，而
有歸歟之歎；王僧孺雖詩以「秋日愁居」題名，但是寫來心平氣爽，
人、境相偕，看的景是「日華隨水汎，樹影逐風輕」，興的情是「物
我一無際，人鳥不相驚」，或許詩乃僧孺因愁而作，但是情隨景遣，
所得到的卻是一份物我無別的幽靜和超脫，一種棲心嘉遯的閒適和自
得。

　　另外，在北朝的詩人中亦有類此於景物觀遊中興情悟理的作品，
如溫子昇的〈春日臨池詩〉：

　　　光風動春樹，丹霞起暮陰。嵯峨映連璧，飄颻下散金。
　　　徒自臨濠渚，空復撫鳴琴。莫知流水曲，誰辯遊魚心。

　　　（下冊‧頁2222）

　　蕭愨〈聽琴詩〉：

　　　洞門涼氣滿，閑館夕陰生。弦隨流水急，調雜秋風清。
　　　掩抑朝飛弄，凄斷夜啼聲。至人齊物我，持此悅高情。

　　　（下冊‧頁2279）

　　庾信〈同顏大夫初晴詩〉：

〔註14〕見〔清〕郭慶藩：《莊子集釋》（臺北：木鐸出版社，民國77年元月
　　　再版），〈人間世第四〉，頁180～182。

夕陽含水氣，反景照河隄。濕花飛未遠，陰雲歛向低。

燕燥還爲石，龍殘更是泥。香泉酌冷澗，小艇釣蓮溪。

但使心齊物，何愁物不齊。（下冊・頁2380）

溫詩所述大約是春天傍晚的景色，和風輕拂著春樹，搖曳生姿，丹霞從暮陰之中升起，於是嵯峨的山峰倒映在碧玉似的水中，而天邊的霞彩也因著粼粼的水波，猶如片片碎金，耀出亮麗的顏色，進而詩篇由寫景轉爲抒情，引莊子、惠施，伯牙、鍾子期之典，歎知音難覓，又有誰能識得高山流水之曲？共辯鰷魚出遊之樂？至於蕭愨詩則寫聽琴所感，由彈奏之環境敘起，然後寫琴聲、述曲調，詩末結以聽琴之情。未彈前，「洞門、閑館」之句已點染了一片靜穆幽冷的氣氛，然後以湍急的流水、清冷的秋風來具象急弦、調清的琴音，而曲調的內容則是《雉朝飛》、《烏夜啼》那種情愛哀怨的作品。可是這些琴音呈現予詩人的感覺又是什麼呢？作者取意窺神，尋索那聲外之聲、象外之象，體悟到的是，在此藝術、審美心態的觀照下，云云眾竅，自鳴天籟，「萬物與我爲一」的超脫之情，而在庾信詩作中，不也泛著同樣的基調。

第二節　莊老詠懷

以莊老玄理，抒吐抑鬱、寄託懷抱，向來是玄言詩表現型態的主要方式之一，及至南朝，猶有餘響，他們或是緣於生命的困頓、人世的紛擾，因而棲心於道家哲理，以爲心靈的安頓、精神的慰藉；或是吟詠莊老之道，效法其人生態度，用之於接物待人、立身處世，甚而演爲一種人生觀、價值觀、世界觀，深化成一種生命的情調。

例如江淹〈效阮公詩十五首〉：

華樹曜北林，芬芳空自宣。秋至白雲起，蟪蛄號庭前，中心有所思，虛堂獨浩然。安坐詠琴瑟，逍遙可永年。

（之十二・中冊・頁1582）

〈效阮公詩十五首之十三〉：

假乘試行遊，北望高山岑。翩翩征鳥翼，蕭蕭松柏陰。

感時多辛酸，覽物更傷心。性命有定理，禍福不可禁。

唯見雲際鵠，江海自追尋。（中冊‧頁 1582）

〈效阮公詩十五首之十五〉：

至人貴無爲，裁魂守寂寥。唯有馳鶩士，風塵在一朝。

輿馬相跨躍，賓從共矜驕。天道好盈缺，春華故秋凋。

不知北山民，商歌弄場苗。（中冊‧頁 1583）

第一首寫「華樹曜北林，芬芳空自宣」，既是一種詩人自我形象的投射，也寓有萬物「自爾獨化」的意味，然後因聽蟪蛄的鳴叫，遂喚起內心的思索，《莊子‧逍遙遊》說：「朝菌不知晦朔，蟪蛄不知春秋，此小年也。」[註15] 所謂物各有性，性各有極，既然明瞭了人壽的長短自有其命限，是天地理序的自然變化，故能以理化情，用著安然的態度，撫琴自娛，逍遙以盡其生。第二首則是寫行遊有感，想著時世侷促，本多辛酸，是以覽物生情，益增心傷，只是性命本有其定理，禍福也難能禁止，唯有學那雲端的鴻鵠，於江海中追尋自己的歸宿。至於第三首則是以至人的無爲來當作人生指導，由於天道自有其盈缺之理，榮華凋謝相爲循環，故當棄其馳鶩，心守寂寥。

再看謝惠連的〈隴西行〉：

運有枯榮，道有舒屈。潛保黃裳，顯服朱黻。

誰能守靜，棄華辭榮。窮谷是處，考槃是營。

千金不迴，百代傳名。厥包者柚，忘憂者萱。

何爲有用，自乖中原。實摘柯摧，葉殞條煩。

（中冊‧頁 1188）

李謐〈神士賦歌〉：

周孔重儒教，莊老貴無爲。二途雖如異，一是賈聲兒。

生乎意不愜，死名何用施。可心聊自樂，終不爲人移。

脫尋余志者，陶然正若斯。（下冊‧2206）

惠連詩說「運有榮枯，道有舒屈」、「誰能守靜，棄華辭榮。窮谷是處，

〔註15〕同前註，頁 11。

考槃是營」，則所陳多爲柱下之旨歸，言天道運行、萬物生化自有盈虛之道、榮枯之理，而用之持身便該「致虛守靜、歸根復命」〔註16〕，亦若「江海之所以能爲百谷王」，處下不爭，然後能「後其身而身先，外其身而身存」（《老子·七章》）。至於李謐的〈神士賦歌〉，全篇的主旨都環繞著自得、自適、自足、自樂而發，順隨一己之性分，不因世俗之毀譽、評價而改易，所以能陶陶然自足於懷也。

又如顏歡〈臨終詩〉：

> 五塗無恆宅，三清有常舍。精氣因天行，游魂隨物化。
> 鵬鶪適大海，蜩鳩之桑柘。達生任去留，善死均日夜。
> 委命安所乘，何方不可駕。翹心企前覺，融然從此謝。
>
> （中冊·1381）

《南史》記載說，歡知將終，賦詩言志，而觀景怡詩中所述，則是一種委運任化的生死態度，《莊子·大宗師》說：「死生，命也，其有夜旦之常，天也。人之有所不得與，皆物之情也。」又說：「夫大塊載我以形，勞我以生，佚我以老，息我以死。故善吾生者，乃所以善吾死也。」〔註17〕生死來去，本是人的分命，猶如旦明夜闇是天道之自然一樣，此其中非人力之所能干預，亦不隨自我的意志爲移轉，這是物理的實情，所以人當「安時處順，與變俱往」，不該「欣生惡死」，以「哀樂存懷」，既善吾生，亦善吾死。

第三節　佛理之詠

佛教到了南朝，發展更爲興盛，特別是許多統治者的大力扶植，其盛況可謂空前，據唐法琳《辨正論》及唐道世《法苑珠林》所記，

〔註16〕《老子·十六章》云：「致虛極，守靜篤。萬物並作，吾以觀復。夫物云云，各復歸其根。歸根曰靜，靜曰復命，復命曰常，知常曰明。」強調人當透過「致虛」、「守靜」的工夫以回到一切存在的根源。見陳鼓應：《老子今註今譯》（北京：中華書局，1994 年 8 月五刷），頁124。

〔註17〕同註14，頁 241～242。

宋有寺一千九百一十三所，僧尼三萬六千人；齊有寺二千零一十五所，僧尼三萬二千五百人；梁有寺二千八百四十六所，僧尼八萬二千七百人；陳有寺一千二百三十二所，僧尼三萬二千人，又《開元釋教錄》載宋譯經四百六十五部七百一十七卷；齊譯經十二部三十三卷；梁譯經四十六部二百零一卷；陳譯經四十部一百三十三卷，流風之盛，由此可見其梗概〔註18〕。再就玄言詩發展、演變的脈絡來看，自東晉時，玄言詩「拓宇於三世之辭」，康僧淵、支道林、劉程之、張野、王喬之、鳩羅摩什等人，或以詩詠佛，或佛以境寫，迄於南朝，又加以釋風大盛，所謂「文變染乎世情」，佛理詩在南朝時期，也就成爲玄言詩國底下，一類主要的作品。

梁武帝〈會三教詩〉云：

> 少時學周孔，弱冠窮六經。孝義連方冊，仁恕滿丹青。
> 踐言貴去伐，爲善存好生。中復觀道書，有名與無名。
> 妙術鏤金版，眞言隱上清。密行貴陰德，顯證表長齡。
> 晚年開釋卷，猶日映眾星。苦集始覺知，因果乃方明。
> 示教惟平等，至理歸無生。分別根難一，執著性易驚。
> 窮源無二聖，測善非三英。大椿徑億尺，小草裁云萌。
> 大雲降大雨，隨分各受榮。心想起異解，報應有殊形。
> 差別豈作意，深淺固物情。（中冊·頁 1531）

在蕭衍的宗教信仰中，他把佛教置于最高的地位，甚且認爲三教同源，在政治上施行三教並用的政策，例如他在《捨道歸佛文》中便說：「弟子經遲迷荒，耽事老子，歷葉相承，染此邪法。翾因善發，棄迷知返。今捨舊醫，歸憑正覺。願未來世中，男童出家，廣弘經教，化度眾生，共取成佛。入詣地獄，普濟群萌。」〔註19〕從詩中看來，「少時學周孔」、「中復觀道書」、「晚年開釋卷」，可說是蕭衍一生思想、

〔註18〕關於佛教在南朝盛行的原因及情況，請參考任繼愈主編：《中國佛教史》（第三卷）（北京：中國社會科學出版社，1988 年 4 月一刷），第一章〈南朝時期的社會與佛教〉，頁 1～38。

〔註19〕引自〔明〕張溥：《漢魏六朝百三名家集》（第四冊）（臺北：文津出版社，民國 68 年 8 月），《梁武帝集》，頁 3226～3227。

信仰，由學儒、信道到崇佛的演變軌跡，只是在這裡，三教仍有高下之別，儒、道之佛教是「猶日映眾星」，真正能探賾究竟，了脫生死的還是佛教，所以說：「窮源無二聖，測善非三英」。又如其〈遊鍾山大愛敬寺詩〉之作：

> 日余受塵縛，未得留蓋纏。三有同永夜，六道等長眠。
> 才性乏方便，智力非善權。生住無停相，刹那即徂遷。
> 歎逝比悠稔，交臂乃奢年。從流既難反，弱喪謂不然。
> 二苦常追隨，三毒自燒然。貪癡養憂畏，熱惱坐焦煎。
> 道心理終歸，信首故宜先。駕言追善友，回輿尋勝緣。
> 面勢周大地，縈帶極長川。稜層疊嶂遠，迤邐礎道懸。
> 朝日照林花，光風起香山。飛鳥發差池，出雲去連綿。
> 落英分綺色，墜露散珠圓。當道蘭葷靡，臨階竹便娟。
> 幽谷響嚶嚶，石瀨鳴濺濺。蘿短未中攬，葛姣不任牽。
> 攀緣傍玉澗，褰陟度金泉。長途弘翠微，香樓間紫煙。
> 慧居超七淨，梵住踰八禪。始得展身敬，方乃遂心虔。
> 菩提聖種子，十力良福田。正趣果上果，歸依天中天。
> 一道長死生，有無離二邊。（中冊・頁 1531）

在梁武帝的崇佛活動中，除了譯經與撰述佛書外，建寺造塔亦是其中一項，詩題中的大愛敬寺，即興建於普通元年，《續高僧傳》載云：「為太祖文皇，於鍾山竹澗，建大愛敬寺，糾紛協田，臨睨百丈，翠微峻極，流泉灌注，鍾龍遍嶺，飫鳳乘空，創塔包巖壑之奇，宴坐盡林泉之邃，結構伽藍，同尊園寢，經營彫麗，奄若天宮，中院之去大門，延袤七里，廊廡相架，簷霤臨屬，旁置三十六院，皆設池臺周宇環邃，千有餘僧，四事供給，中院正殿有旃檀像，舉高八丈，匠人約量，晨作夕停，每夜恒聞作聲，且視輒覺功大，及終成後乃高二丈有二，相好端嚴，色相超挺，殆由神造，屢感徵跡，帝又於寺中龍淵別殿，造金銅像舉高丈八，躬申供養，每入頂禮，歔欷哽噎，不能自勝，預從左右無不下泣。」[註20] 是知此寺乃武帝為表對雙親的「罔極之情」、

〔註20〕引自〔唐〕道宣：《高僧傳》（臺北：彙文堂出版社，民國 76 年 4 月

「追遠之心」而造，題名雖云「遊鍾山大愛敬寺」，然詩中卻充滿了對人生諸種無明的反省，以及對佛法的皈依、嚮往之情。

再看蕭統的〈東齋聽講詩〉：

> 昔聞孔道貴，今覿釋花珍。至理乃悟寂，承稟實能仁。
> 示教雖三徹，妙法信平均。信言一鄙俗，延情方慕眞。
> 庶茲祛八倒，冀此遺六塵。良思大車道，方願寶船津。
> 長延永生肇，庶席諒徐陳。是節朱明季，灼爍治渠新。
> 霏雲出翠嶺，涼風起青蘋。既參甘露旨，方欲書諸紳。
> （中冊・頁 1798）

蕭綱的〈往虎窟山寺詩〉：

> 塵中喧慮積，物外眾情捐。茲地信爽墑，墟壟曖阡綿。
> 藹藹車徒邁，飄飄旌旆懸。細松斜遠遝，峻嶺半藏天。
> 古樹無枝葉，荒郊多野煙。分花出黃鳥，挂石下新泉。
> 翁鬱均雙樹，清虛類八禪。栖神紫臺上，縱意白雲邊。
> 徒然嗟小藥，何由齊大年。（下冊・頁 1934）

這裡的「昔聞孔道貴，今覿釋花珍」，同樣是由儒入佛的心理表述，因此說至高的道理乃是對於寂滅、涅槃的體悟，從而能祛除常、樂、我、淨、非常、非樂、非我、非淨等「八倒」，遣消色、聲、香、味、觸、法等「六塵」，參甘露妙旨，登渡彼岸。至於蕭綱的〈往虎窟山寺詩〉則在佛理的領悟外，多了份觀遊的閑情和暢的逸趣，所以詩於開篇便說：「塵中喧慮積，物外眾情捐」，然後描寫沿途所見之景，細松斜繞於小徑，高聳的峻嶺半藏於天際，近觀古木，遠眺野煙，黃鳥出於分花，新泉下於挂石，於是置身於如此佳境，身悠心閑，不禁馳神縱意，栖神紫臺，騁意雲端，而忽生天地幽邈之感，憂嗟小藥，無由以齊大年。

又如劉孝先的〈和亡名法師秋夜草堂寺禪房月下詩〉：

> 幽人住北山，月上照山東。洞戶臨松徑，虛窗隱竹叢。
> 出林避炎影，步逕逐涼風。平雲斷高岫，長河隔淨空。

版），卷一、頁 6〜7。

　　數螢流暗草，一鳥宿疏桐。興逸煙霄上，神閒宇宙中。

　　還思城闕下，何異處樊籠。（下冊・頁 2065）

詩首四句，是對亡名法師居處的描寫，而「幽人」則是對法師出處態
度和人格特質的稱美，特別是詩人在第二句點出時分，透過月色的映
照下，更顯出一種清幽靜寂的氣氛來，然後寫居所前面有條狹長的松
徑，禪房窗戶虛掩，隱沒於竹叢之中。五、六句則從靜態的描寫轉為
動態的捕捉，說法師追逐涼風，散步在小徑上，然後遊目四眺，看到
了雲層屯於山間，遮蔽了高處的峰巒，銀河如帶，隔斷了澄淨的夜空，
螢流叢間，鳥宿疏桐，遂而心靜神恬，超然遠舉，興致放逸，心無它
累，所以還思塵世，無異是錮鎖性靈，拘羈於樊籠。

第八章　六朝玄言詩的精神主題

　　如果說生命是文學的本質，而文學是生命的反映形式之一，那麼我們對於文學作品的理解，將有其更深層的底蘊存在，從一個文學發生的角度來看，作者緣於他對身世、際遇、人世的感受，於是借由藝術形式來表現其生命的實感，從而作品成了傳遞作者情志的符號、是作者本質的對象化，進而讀者對於作品的理解或鑑賞的目的，就是要去揭露那潛藏在作品裡面、爲作者所賦予的關於存在的體驗和感受，並且在閱讀過程裏，經由「作品情境」的理解與作家「實存情境」﹝註1﹞的把握，透過一種「相感」﹝註2﹞的方式，以獲

﹝註1﹞　近人顏崑陽先生在討論到詩歌文化中的「託喻」觀念時，曾將之放擴到具體的社會文化情境中來理解。其意以爲，「託喻」這一修辭手法，所表現在「言内」的只是對象性的經驗材料，而那隱在「言外」的卻是作者的主觀情志。這種主觀情志並不是作品自身語言結構内所形成的「意」，而是一種「社會行爲」的「意向」，也就是「因何要作這首詩」的「原因動機」以及「作這首詩意圖達到什麼目的」的「目的動機」。因此，詩人在其實社會中所「具體感悟」到的一個「實存情境」，透過藉由語文所表現出來的「作品情境」經由兩者之間的相似性，用一種「引譬連類」的方式，讓「言外」的「實存情境」依附在「言内」的「作品情境」之中，以傳達給特定的讀者，進而這種指向「美善刺惡」的「詩人之志」，便在作者具體的「實存情境」裏，得到一種「知人論世」、「以意逆志」的效果。參看氏著：〈詩歌文化中的「託喻」觀念——以《文心雕龍・比興篇》爲討論起點〉，收於《第三屆魏晉南北朝文學與思想學術研討會論文集》，（台北：文津出版社，1997年9月），

得文學作品的意義和價值。誠如同劉若愚先生所提出的應用於分析
中國文學批評作品的圖式談到的四個階段,他說:

> 我所謂藝術過程,不僅僅指作家的創造過程與讀者的審美
> 經驗,而且也指創造之前的情形與審美經驗之後的情形。
> 在第一階段,宇宙影響作家,作家反應宇宙。由於這種反
> 應,作家創造作品:這是第二階段。當作品觸及讀者,它
> 隨即影響讀者:這是第三階段。在最後一個階段,讀者對
> 宇宙的反應,因他閱讀作品的經驗而改變。如此,整個過
> 程形成一個圓圈。同時,由於讀者對作品的反應,受到宇
> 宙影響他的方式所左右,而且由於反應作品,讀者與作家
> 的心靈發生接觸,而再度捕捉作家對宇宙的反應,因此這
> 個過程也能以相反的方向進行。〔註3〕

是以在這個「藝術過程」裏,由於存在總體影響了作家的存在感受,
從而作家反應宇宙,表現為作品;繼則讀者閱讀作品,作品影響讀者
及其對存在總體的感受;同時,又由於存在總體影響了讀者的存在感
受及其對作品的反應,從而經由對作品的反應便與作家的心靈發生接

頁 211～2530。不過本文在此所要表述的只在是強調「作品情境」應
還原到作者「實存情境」的背景中去瞭解,如此一來,作品裏客觀的
經驗材料與排比方式,才不致淪為單純的關於藝術形式的修辭手法,
而是一種多元的主觀性的精神活動,其中必然的蘊涵了作者的生命情
調、存在感受與價值理想,而文學是生命的表現其意義也根源於此。

〔註2〕 「感」之一義,可說是中國古代文學理論的邏輯起點,它不僅是「主
體對客體的一種擁抱、交合和把握」,更是「集合了客體刺激諸因素和
主體心理諸因素的神奇的創化運動」。因此,不論是《禮記·樂記》中
的「人心之感於物」、鍾嶸《詩品序》的「物之感人」、劉勰的「感物
吟志」,還是朱熹「詩乃人心感物而形於言」、吳喬的「人心感於境遇,
而哀樂情動,詩意以生」等,都是對藝術思維所做一種說明。參見毛
正夫,《中國古代詩學本體論闡釋》,第二節〈應物斯感——詩的本源
及生成(一)〉與第三節〈隨物宛轉與心徘徊——詩的本源及生成(二)〉
(台北:五南圖書公司,民國86年4月初版),頁25～74。

〔註3〕 劉若愚先生的這一圖表乃是據亞伯拉姆斯(M. H. Abrams)《鏡與燈》
(*The Mirror and the Lamp*)一書所設計的圖表加以改良而應用於中
國文學理論的討論。見氏著,杜國清譯:《中國文學理論》(台北:
聯經出版社,民國82年11月初版),頁12～17。

觸，而再度捕捉作家對存在總體的感受。

　　因此，具體的說，詩歌的創生，可謂是詩人以其獨白的姿態，昇華其生命的能量，蘊發主觀的情性質素，透過藝術的表現技巧，或暢敘個人之幽情、或沈吟世事之興衰，而試圖予流逝的時間空間化，將積澱的情志，凝化成優美的語文形象，以體現人對自身存在的感受經驗和價值理想。而前人在追溯此一詩歌起源的問題上〔註4〕，亦多有論述，如劉彥和謂：「人稟七情，應物斯感，感物吟志，莫非自然。」〔註5〕又朱子云：「人生而靜，天之性也；感於物而動，性之欲也。夫既有欲矣，則不能無思；既有思矣，則不能無言；既有言矣，則言之不能盡，而發之於咨嗟詠歎之餘者，必有自然之音響節奏而不能已焉，此詩之所以作也。」〔註6〕至於梁朝的鍾嶸則更類舉了情景的交感和從人生各種情境的激盪中，言說了在「安頓生命」〔註7〕意義上詩的功能和作用，其謂：

　　若乃春風春鳥，秋月秋蟬，夏雲暑雨，冬月祁寒，斯四候
　　之感諸詩者也。嘉會寄詩以親，離群託詩以怨。至于楚臣
　　去境，漢妾辭宮；或骨橫朔野，或魂逐飛蓬；或負戈外戍，

〔註4〕　陳慶輝先生在探討詩歌起源的問題上，曾經有過一段論述：「古人對於詩歌起源的探索，大致上有兩種態度：一種態度把探索的眼光投向詩歌產生的最早的年代，他們試圖回答：詩是何時產生的；另一種態度則是把尋找的目標指向人類的心靈世界，他們力求說明：詩是怎樣產生的。」參看氏著：《中國詩學》（臺北：文史哲出版社，民國83年12月初版），第九章〈詩歌發展論〉，頁285。至於本文在此所說的「詩歌起源的問題」則就後者而言，那種詩歌發生的心理機緣與動力。

〔註5〕　引自李曰剛：《文心雕龍斠詮》（上編）（臺北：國立編譯館中華叢書編審委員會，民國71年5月），〈明詩第六〉，頁206。

〔註6〕　見〔宋〕朱熹：《詩集傳·序》（四川：四川教育出版社，1996年10月一刷），頁3965。

〔註7〕　誠如蔡英俊先生所謂，鍾嶸由詩的「群、怨」關係突顯了情感之於個體生命的重要性，因此「人情既是那麼易感，那麼『非陳詩何以展其義？非長歌何以騁其情？』生命的安頓，就在於為個人的造詣表現、為生命的意義尋找一個完整的答案來，而這個答案又歸結於詩歌的創作：『使窮賤易安，幽居靡悶，莫尚尚於詩矣。』」見《比興物色與情景交融》（臺北：大安出版社，民國78年8月一版二刷），頁47。

或殺氣雄邊，塞客單衣，孀閨淚盡；或士有解佩出朝，一
去忘返；女有揚蛾入寵，再盼傾國。凡斯種種，非陳詩何
以展其義，非長歌何以騁其情。故曰：「詩可以群，可以怨。」
使窮賤易安，幽居靡悶，莫尚於詩矣。故詞人作者，罔不
愛好。〔註8〕

可見詩乃「言志」、「緣情」的心靈活動，是「詩人心靈的傾吐與表
現」、是「詩人生命的布展方式」、更甚至是「創作主體的存在形式
決定了作品表現出來的美學風貌」〔註9〕，所以站在創作者的立場
來看，詩不僅是騷人心靈意識的投射，同時也是情感的昇華、安頓
自我生命的方法，而站在鑑賞者角度來看，則透過頌其詩便可想見
其爲人，進而「識其安身立命處」。

　　因此，想要瞭解六朝玄言詩、研究六朝玄言詩，那麼採取一個作
品主題的切入點，實有其積極的意義，因爲對於主題的把握，就可以
清晰的看到關於詩歌內在因素的：作者的精神世界、價值理想、生命
情調以及「因何要作這首詩的」的「原因動機」或是「作這這首詩企
圖達到什麼」的「目的動機」〔註10〕；還有在一定程度裏，反映了關

〔註8〕引自王叔岷：《鍾嶸詩品箋證稿》（臺北：中央研究院中國文哲研究
　　　所，民國81年3月初版），〈詩品總序〉，頁76～77。

〔註9〕毛正夫先生曾提出「作爲心學的中國古代詩學」的命題，並且認爲
　　　『『詩本於心性』可以說是詩學的一個綱領性話題。從『詩言志』開
　　　始，到『吟詠性情』、『言，心聲也』（揚雄）、『詩原乎心者也』（歐
　　　陽修）、『天下無心外之物』（王守仁），千年承傳，『心』成了詩學的
　　　精髓和探討的中心。從而使中國古代詩學具有了『心學』性質。」
　　　又說：「詩人的作品是一部展開的心理學，詩學理論也是一部書寫著
　　　的心理學。在詩學裏，詩論家不僅深情注視詩歌作品的心理層面，
　　　更注重創作心理過程，尤其是詩人作家的主體修養，也關心讀者的
　　　心理接受，對詩生成流動心理的研究探討形成了一條詩學主脈，而
　　　詩學本身在探討中把審美心理也展示得活潑多姿、生動感人。」參
　　　看氏著：《中國古代詩學本體論闡釋》（臺北：五南圖書公司，民國
　　　86年4月初版一刷），第一章〈引言：論詩如論禪——作爲心學的中
　　　國古代詩學〉，頁3～24。

〔註10〕所謂「目的動機」（in-order-to motive）：蓋指一個行爲者由於某種指向
　　　　未來的目的，而致使他產生現在此一行爲的動機。而「原因動機」

於詩歌外緣因素的：學術思潮、社會風尚、政治背景以及自我意識的
覺醒等問題。再者，近人傅剛先生就從「生命意識」的角度來解讀玄
言詩，並將玄言詩放入中古時期人文思想發展的背景下來考察，認為
玄言詩是魏晉知識分子追求獨立理想人格的精神境界的描述，是完成
「魏晉風度」的詩化表現，他說：

> 當我回顧並肯定漢魏以來詩歌發展時，往往也會對玄言詩
> 作出否定的結論，但當我仔細研究了漢魏以來歷史實際
> 時，我才深深感到玄言詩的歷史合理性。考察我過去的閱
> 讀方法，便發現否定結論是建立在傳統批評經驗之上的。
> 當我跳開這個經驗，重新擴大視野，便發現玄言詩的合理
> 性並非反映在我們所要求的現實上。換句話說，玄言詩也
> 是反映現實的，但是另外一種現實，一種表現晉人心靈的
> 現實。在這樣的基礎上，玄言詩表現了一種新的美學理想，
> 新的寫作手段和新的詩風。這一結論來自我對玄言詩新的
> 解讀方法——從生命意識角度解讀。〔註11〕

在這裡，傅先生不僅反駁了以往視玄言詩為詩歌史上之逆流的說法，
並且提出了從「生命意識」解讀玄言詩的觀點，認為玄言詩事實上是
「魏晉知識分子追求獨立理想人格的精神境界的描述」，反映的是晉
人心靈的現實，而這個「心靈的現實」、這個「理想人格的精神境界
的描述」，就是本章所提出的，那個蘊涵於詩歌作品裡面，呈顯作者
人生哲學、價值歸趣的精神主題。

第一節　憂生之嗟的排遣

　　李澤厚先生曾謂，在〈古詩十九首〉的感嘆抒發中，所突出的

（because motive）：則指一個行為者由於過去的經驗，因而導致他之
所以產生目前此一行為的機動。參見舒茲著‧盧嵐蘭譯：《舒茲論文集》
（第一冊）（臺北：桂冠圖書公司，1992 年 5 月初版），頁 91～94。
〔註11〕參看傅剛：《魏晉南北朝詩歌史論》（吉林：吉林教育出版社，1995
　　　年 12 月一刷），第四章〈玄言詩——從生命意識角度解讀〉，頁 153
　　　～159。

「是一種性命短促、人生無常的悲傷」，它們構成〈十九首〉一個基本的音調，又說：「它們與友情、離別、相思、懷鄉、行役、命運、勸慰、願望、勉勵……結合揉雜在一起，使這種生命短促、人生坎坷、歡樂少有，悲傷長多的感喟，愈顯其沈鬱和悲涼……這種對生命存亡的重視、哀傷，對人生短促的感慨、喟嘆，從建安直到晉宋，從中下層直到皇家貴族，在相當一段時間中和空間內瀰漫開來，成爲整個時代的典型音調。」〔註12〕誠然，這種對於生命存在問題的思索，一直是許多文學關注的焦點，而其中諸如人生無常、性命短促等問題更是超脫於個人的際遇榮辱之上，成爲一種人類所必須共同面對的客觀限制、一種具有普遍性的同情共感。然而，在這個傷時歡逝的情懷背後，尚有其更深層的理論意義，因爲這片對於生命存在思索的疆域，是因著人的覺醒而開啓的，具體地說，是魏晉士人掙脫兩漢時期那種神學目的論和讖緯宿命論的枷鎖，擺落人一定是儒家意味濃厚的社會的、道德的慣性思維，然後重新思索自我存在的意義、自我存在的價值而有的生命意識的深度發掘〔註13〕。因此，在六朝的玄言詩中，有一部份的作品就是圍繞著作者自身的存在實感而發，或是傷悼生命不永，或是悲歡處境艱難，揉合著造化推移之於人的遷逝之悲和實現政治局勢予人的迫厄之感，如：

繁欽〈雜詩〉云：

世俗有險易，時運有盛衰。

老氏和其光，蓬瑗貴可懷。（上冊・頁387）

〔註12〕見李澤厚：《美的歷程》（臺北：元山書局，民國73年11月初版），五〈魏晉風度〉，頁87～89。

〔註13〕例如鄭毓瑜先生即謂：「『歡逝』除了是種情感上的哀傷，可能也表現爲一種對人生、本體的覺察，具有知性、哲理的意味。」文中並引李澤厚先生的話說：「對死亡的哀傷關注，所表現的是對生存的無比眷戀，並使之具有某種領悟人生的哲理風味。」見鄭毓瑜：《六朝情境美學》（臺北：里仁書局，民國86年12月三十一日初版），〈推移中的瞬間——六朝士人於「歡逝」、「思舊」中的「現在」體驗〉，頁62～63。

曹植〈長歌行〉云：

尺蠖知屈伸，體道識窮達。（上冊·頁441）

世俗的險易、時運的盛衰，這是不以人的意志爲轉移的外在環境，因而置身此中的相應之道，便該取法老子「和其光，同其塵」（《老子·五十六章》）的處世哲學，學學蘧伯玉「有道則仕」、「無道則可卷而懷之」（《論語·衛靈公》）的態度，猶如《周易·繫辭傳》所說的：「尺蠖之屈，以求信也。龍蛇之蟄，以存身也。」〔註14〕能體認天地之道的規律，也就能夠待時而動，識其窮達，這不僅是深刻體驗於現實環境的人生哲學，也是排解「憂生之嗟」的有效方法。

又如何晏〈言志詩二首之一〉云：「鴻鵠比翼遊，群飛戲太清。常恐夭網羅，憂禍一旦并。豈若集五湖，順流唼浮萍。逍遙放志意，何爲�怵惕驚。」（上冊·頁468），此中所說的「常恐夭網羅，憂禍一旦并」似乎就是正始文士對於當時政壇上那股詭譎危疑、血腥殘酷氣氛的共同的心理寫照，就像《晉書·阮籍傳》所記載的「屬魏晉之際，天下多故，名士少有全者」，而這種「身仕亂朝，常恐罹謗遭禍，因茲發詠，故每有憂生之嗟」〔註15〕的情調，就明顯而具體地表現在嵇、阮二人的作品上，如：

嵇康的〈答二郭詩三首〉：

昔蒙父兄祚，少得離負荷。因疏遂成懶，寢跡北山阿。
但願養性命，終己靡有他。良辰不我期，當年值紛華。
坎凜趣世教，常恐嬰網羅。羲農邈已遠，㧑膺獨咨嗟。
朔戒貴尚容，漁父好揚波。雖逸亦已難，非余心所嘉。
豈若翔區外，餐瓊漱朝霞。遺物棄鄙累，逍遙遊太和。
結友集靈嶽，彈琴登清歌。有能從我者，古人何足多。

〔註14〕引自〔魏〕王弼、〔晉〕韓康伯、〔唐〕孔穎達等正義：《周易正義》（臺北：藍燈書局影印清嘉慶二十年江西南昌學府重刊十三經注疏本），〈繫辭下〉，頁169下。

〔註15〕見阮籍〈詠懷詩〉李善注語，引自〔唐〕李善注：《文選》（臺北：藝文印書館，民國80年12月十二版，影印清嘉慶十四年胡克家重刻宋淳熙本文選），頁329。

（之二）

> 詳觀淩世務，屯險多憂虞。施報更相市，大道匿不舒。
> 夷路值枳棘，安步將焉如。權智相傾奪，名位不可居。
> 鸞鳳避罻羅，遠託崑崙虛。莊周悼靈龜，越稷畏王輿。
> 至人存諸己，隱璞樂玄虛。功名何足殉，乃欲列簡書。
> 所好亮若茲，楊氏歎交衢。去去從所志，敢謝道不俱。

（之三・上冊・頁486）

〈五言詩三首之一〉：

> 人生譬朝露，世變多百羅。苟必有終極，彭聃不足多。
> 仁義澆淳樸，前識喪道華。留弱喪自然，天眞難可和。
> 郢人審匠石，鍾子識伯牙。眞人不屢存，高唱誰當和。

（上冊・頁489）

詩中說：「坎凜趣世教，常恐嬰網羅」、說「詳觀淩世務，屯險多憂虞。……夷路值枳棘，安步將焉如」、說「人生譬朝露，世變多百羅」，無一不是緣於生存實感的「幽憤」以及自己身處於危疑政局上的驚懼與焦慮，於是叔夜選擇了「寢跡北山阿」、「但願養性命」，希望能夠「遺物棄鄙累，逍遙遊太和」。

另外再看阮籍的詩作，其〈詠懷詩八十二首之三十三〉說：「一日復一夕，一夕復一朝。顏色改平常，精神自損消。胸中懷湯火，變化故相招。萬事無窮極，知謀苦不饒。但恐須臾間，魂氣隨風飄。終身履薄冰，誰知我心焦。」（上冊・頁503）更是將其被壓抑的「傲然獨得，任性不羈」的性格，那種受迫於時局的險惡然後才表現爲「至慎」的態度的抑鬱與內心痛苦的掙扎，以著詩人特有的獨白姿態，作了最深沉而無奈的吶喊，誠如辛旗先生所論：「阮籍所突顯的是主體的自主選擇『越名教而任自然』，爲防止被名教殺戮，覺醒的個體與社會衝突不得不妥協，但秉持「自然」之旨的主體又必須展現從屬於「自然」的特性。於是乎，個體精神只有採取在社會現實中超越社會現實的方式，將意志力量與自由具體化於放浪不羈的行爲與情感之中，不受名教的約束。這就不難理解阮籍縱酒無度、歌哭無端與諸多

的怪異言行，……阮籍一生就是個矛盾：社會環境與他思想的矛盾；
他人格的內在矛盾（嫉惡如仇又不願拚死抗爭）；內心精神世界的矛
盾。這些矛盾所決定他一生遭際中的各類衝突，無不帶來極大的痛
苦。」〔註16〕

其〈詠懷詩八十二首之七十七〉云：

咄嗟行至老，僶俛常苦憂。臨川羨洪波，同始異支流。
百年何足言，但苦怨與讎。讎怨者誰子，耳目還相羞。
聲色為胡越，人情自逼遒。招彼玄通士，去來歸羨遊。

（上冊‧頁510）

〈詠懷詩八十二首之五十三〉云：

自然有成理，生死無常道。智巧萬端出，大要不易方。
如何夸毗子，作色懷驕腸。乘軒驅良馬，憑几向膏梁。
被服纖羅衣，深榭設閑房。不見日夕華，翩翩飛路旁。

（上冊‧頁506）

〈詠懷詩八十二首之七十四〉：

猗歟上世士，恬淡志安貧。季葉道陵遲，馳騖紛垢塵。
甯子豈不類，楊歌誰肯殉。栖栖非我偶，徨徨非己倫。
咄嗟榮辱事，去來味道真。道真信可娛，清潔存精神。
巢由抗高潔，從此適河濱。（上冊‧頁509）

「季葉道陵遲，馳騖紛垢塵」是對於時局紛亂所造成的迫厄之感的憂
心，而「自然有成理，生死無常道」、「咄嗟行至老，僶俛常苦憂」則
是對於死生有命、人生如寄、愁苦長多所造成的遷逝、無常之悲的感
歎，從而嗣宗思索其人生的出路，找尋其生命的安頓，於是「猗歟老
莊」、「頤神太素」，要招彼玄通之士，逍遙區外，翫味道真，清潔以
存其精神。

總的來看，這種「憂生之嗟」的旋律，可說是普遍地迴蕩在建安、
正始的玄言詩作中，雖然此二時期尚屬六朝玄言詩的醞釀階段，甚至

〔註16〕參看辛旗：《阮籍》（臺北：東大圖書公司，民國85年6月初版），
第十一章〈阮籍思想對現代的啓迪〉，頁197～209。

在部分作品中仍以「抒情」爲主,「玄言」爲副,是「玄言」服從於「抒情」,但是詩歌緣於詩人的境遇實感,抒吐「憂生之嗟」,然後借由「玄言」來暢敘悲懷,滌除情累,淨化心靈,既徵顯了詩歌「使窮賤易安,幽居靡悶」(《詩品序》)的心理功用,也說明了玄言題材在醞釀階段的角色扮演。

第二節　適性逍遙的追求

　　「適性逍遙的追求」可說是玄言詩精神主題的主要特徵,從表現的方面來看,它是玄學人生觀具體呈顯,而就根源因素來看,則這又是緣於「個人自我之覺醒」〔註17〕,是主體走出了宗教、名教意義的附屬地位,然後重新思索自我之獨立意義和價值,意識到自我本身之作爲一個獨立且特殊的存在,進而才由此反省,開啓了自我的重新發現,導出了自我的覺醒,而在一個文化發展特徵的對照裏,呈顯出迥別於以往的精神面貌來。至於所謂的「玄學人生觀」,它大抵是以《老》、《莊》的人生哲學爲本質特徵,然後再伴隨著魏晉玄學的發展,自王弼、阮籍、嵇康、裴頠、郭象等人之於魏晉玄學的「基源問題」〔註18〕——即「名教與自然」問題的不同理論表述,遂而衍爲不同的人生態度,譬如嵇、阮的「越名教而任自然」、裴頠的「崇有」、郭象

〔註17〕參見錢穆:《國學概論》(臺北:臺灣商務印書館,民國76年10月臺十四版),第六章〈魏晉清談〉,頁149～150。

〔註18〕勞思光先生於研究中國哲學史時,曾提出一套「基源問題研究法」,他說:「所謂『基源問題研究法』,是以邏輯意義的理論還原爲始點,而以史學考證工作爲助力,以統攝個別哲學活動於一定設準之下爲歸宿。」又說:「我們著手整理哲學理論的時候,我們首先有一個基本的了解,就是一切個人或學派的思想理論,根本上必是對於某一問題的答覆或解答。我們如果找到了這個問題,我們即可掌握這一部分理論的總脈絡。反過來說,這個理論的一切內容實際上皆是以這個問題爲根源。理論上一步步的工作,不過是對那個問題提供解答的過程。這樣,我們就稱這個問題爲基源問題。」參見勞思光:《中國哲學史》(臺北:三民書局,民國80年1月增訂六版),〈序言:論中國哲學史之方法〉,頁15。

的「獨化」，就在一定程度裏反映了魏晉士人心態變化與轉折的軌跡，羅宗強先生說：

> 自正始之後，玄風成為一股巨大的不可阻擋的力量，席捲士林，滲透到士人生活的一切方面，迅速地改變著他們的價值取向、生活情趣以至改變他們的風度容止。從嵇康的人生追求裏，從阮籍的近於虛幻的人生理想裏，我們可以找到正始玄學的印記；從西晉士人的任自然且縱欲、士當身名俱泰的心態裏，我們可以找到與郭象適性說的聯繫，而從東晉士人所追求的寧靜天地中，我們可以看到玄學與佛學合流的理論趨向。玄學發展的各個不同的階段，既反映了其時士人的心態變化，又推動著心態的進一步變化。整個玄學思潮自始至終都與士人心態的變化緊緊聯繫在一起……〔註19〕

然而，這種玄學人生觀的共通處，或者說玄學人生觀根源於老莊哲學的核心意義，就是強調「人的自然化」〔註20〕，就是主張人存有者的理想存在狀況應是歸返自然、自爾獨化、達觀生死、與天地一、與萬物並，追求一自足懷抱、適性逍遙的精神境界。

嵇康〈四言贈兄秀才入軍詩十八章之十七〉云：

> 琴詩自樂，遠遊可珍。含道獨往，棄智遺身。
> 寂乎無累，何求於人。長寄靈岳，怡志養神。

（上冊・頁482）

〔註19〕見羅宗強：《玄學與魏晉士人心態》（臺北：文史哲出版社，民國81年11月初版），〈結束語〉，頁396。

〔註20〕李澤厚先生曾提出一組「自然的人化」與「人的自然化」的命題，來對顯儒、道的不同，在儒家那裡，強調心理情性的陶冶，著重在人化內在的自然，使「人情之所必不免」的自然性的生理欲求、感官需要取得社會性的培育和性能，是謂「自然的人化」；而在道家那裡，則是反過來，要求人必須捨棄其社會性，使其自然性不受污染，超脫人世一切內在外在的欲望、利害、心思、考慮，然後才能翱翔於人際的界限之上，而與整個大自然合為一體，是謂「人的自然化」。見李澤厚：《華夏美學》（臺北：三民書局，民國85年9月初版），第三章〈儒道互補〉，頁85～87。

嵇喜〈答嵇康詩四首〉云：

> 君子體變通，否泰非常理。當流則蟻行，時逝則鵠起。
> 達者鑒通機，盛衰爲表裏。列仙殉生命，松喬安足齒。
> 縱軀任世度，至人不私己。(之二‧上冊‧頁550)
>
> 達人與物化，無俗不可安。都邑可優游，何必棲山原。
> 孔父策良駟，不云世路難。出處因時資，潛躍無常端。
> 保心守道居，覩變安能遷。(之三‧上冊‧頁550)

叔夜詩說「含道獨往」，擯棄機心，遺忘身累，因其所求在己，無待於人，所以能自足懷抱，怡悅心志，存養精神。而嵇喜詩則是在說明宇宙天地間萬物的消長盈虛自有其不變的律則，因而作爲一個高明的存有者——「達人」或「至人」，便應該上體天地之造化，下應眾庶之萬變，鑒識通機，保心守道，然後能「外化而內不化」〔註21〕，保持一種「至人之用心若鏡」的觀照態度，「不將不迎，應而不藏」〔註22〕，不爲造化的推移牽惹自己的情感思慮，而後能「審乎無假而不與物遷，命物之化而守其宗」。〔註23〕

又如張華〈詩〉：

> 乘馬佚於野，澤雉苦於樊。
> 役心以嬰物，豈云我自然。(上冊‧頁623)

孫拯〈贈陸士龍詩十章之九〉：

> 釋彼短寄，樂此窈冥。形以神和，思以情新。
> 青雲方乘，芳餌可捐。達觀在一，萬物自賓。
>
> (上冊‧頁723)

《莊子‧大宗師》曾載南伯子葵問乎女偊「道可得學邪？」而女偊在回答中揭示了學道的進程爲「破三關」：「外天下」、「外物」、「外生」；「體四悟」：「朝徹」、「見獨」、「無古今」、「不死不生」，最後莊子並將這學道過程的心靈狀態歸結爲「攖寧」——即在外境的紛擾

〔註21〕見《莊子‧知北遊》引自〔清〕郭慶藩：《莊子集釋》（臺北：木鐸出版社，民國77年元月再版），頁765。
〔註22〕見《莊子‧應帝王》，同前註，頁307。
〔註23〕見《莊子‧德充符》，同註21，頁189。

中，保持內心的寧定，陳鼓應先生解釋道：「整個宇宙，無不時時有
所送，時時有所迎；時時有所毀，時時有所成。萬物無時無刻不處
在生成往來的激烈變化運動中。只有在萬物生死成毀的紛紜煩亂中
保持寧靜的心境，才能完成學道的兩大進程，達於體道的最高境界。」
〔註24〕故而茂先詩引典於《莊子》，用一鮮明形象作喻，以乘馬於野
爲佚，澤雉於樊爲苦，認爲心神必須免於物役，即便置身紛亂之中，
亦須保其寧定，才能獲得精神之自由，順遂其本眞之自然。而孫拯
詩則是在暢言一種達觀生死的態度、標舉人生的最高價值，其詩起
首云「釋彼短寄，樂此窈冥」，就是在說明人的存在應該擺落有限的
形軀限制並且追求無限永恆的價值，而這個價值就是「一」，是老子
所說的：「昔之得一者：天得一以清，地得一以寧，神得一以靈，谷
得一以盈，萬物得一以生，侯王得一以爲天下正。」〔註25〕的那個
「道」的原理與眞精神的「一」，而依此原理，萬物也將賓服於「道」，
順其自然，自生自化，倘能致此，也就能夠形神和合，心悅情暢了。

再看曹攄的〈贈王弘遠詩三章之一〉：

　道貴無名，德尚寡欲。俗牧其華，我執其朴。

　人取其榮，余守其辱。窮巷湫隘，環渚淺局。

　肩牆弗暨，茅室不劉。潦必陵階，雨則浸楄。

　仰懼濡首，俯惟塗足。妻孥之陋，如彼隸僕。

　布裳不衽，韋帶三續。將乘白駒，歸于空谷。

　隱士良苦，樂哉勢族。（上冊·頁 752）

江淹的〈效阮公詩十五首之十二〉

　華樹曜北林，芬芳空自宣。秋至白雲起，蟪蛄號庭前。

　中心有所思，虛堂獨浩然。安坐詠琴瑟，逍遙可永年。

　（中冊·頁 1581）

〔註24〕此「破三關」、「體四悟」乃陳鼓應先生援引王孝漁先生之說而申論
　　　　之，參看陳鼓應：《老莊新論》（臺北：五南出版社，1995 年 4 月初
　　　　版二刷），頁 196～197。

〔註25〕見《老子·三十九章》，引自朱謙之：《老子校釋》（臺北：里仁書局，
　　　　民國 74 年 3 月 25 日），頁 154～155。

《老子·三十二章》說：「道常無名」、〈十九章〉說：「見素抱樸，少私寡欲」、〈二十九章〉說：「知其白，守其辱，爲天下谷。爲天下谷，常德乃足，復歸於樸。」這是曹顏遠詩中所申的旨歸，也是曹顏遠用以自遣、以理化情、安頓生命的方式。又如文通詩說「華樹曜北林，芬芳空自宣」，亦極富於郭象「獨化論」的色彩，雖然因爲聽聞蟪蛄的鳴號，由其生命的短暫，引發心中對於人壽命限的思索，然而萬物自生自化，皆有其定然之理，故而心念至此，也就能夠「安時處順」，逍遙以善其生。

劉勰《文心雕龍·時序篇》說東晉文學：「詩必柱下之旨歸，賦乃漆園之義疏。」然而就玄言詩而言，從精神主題的角度來看，這樣的「旨歸」與「義疏」，卻是詩人們潛藏的生命意識裏，那個人生的意義、人生的價值和人生的理想的歸宿。

第三節　山水怡情的玄思

山水之所以能怡情，必待山水之獨立審美意識的建立，而此獨立審美意識建立，則又是以「人的覺醒」爲邏輯根源，再加以魏晉時期老莊哲學的盛行，喚起了個人對於自我生命與精神的重新反省，開啟了以崇尚自然、寄興玄遠的追求，又由於登臨山水的生活形態，從而詩人便得以在客觀的山水審美中，作一種主體精神投射，將玄思移情於山水，以主觀自由的形式來呈顯主體賦予對象的客觀必然性，於是那種「以老、莊爲意，山水爲色」（註26）的詩篇便於爲滋生，而「山水怡情的玄思」也成爲玄言詩的精神主題之一。

其次，在討論以山水玄思來怡情的如何可能的問題時，尚有兩點需要加以說明，其一是「山水」與「玄思」——即「山水以形媚道」（宗炳〈畫山水序〉）的問題；其二是「山水」與「怡情」——即在審美活動中物我關係的問題。先就第一個問題來看，在道家的

〔註26〕見錢鍾書：《談藝錄》（臺北：書林出版有限公司，民國77年11月），附說十九〈山水通於理趣〉，頁239。

宇宙觀〔註27〕裏，「道」是形上的最高範疇，它既是萬物的根源同時又是萬有存在的規律，例如《老子》說：「道生一，一生二，二生三，三生萬物」（〈四十二章〉）在宇宙論的意義裏，「道」是萬物的起源；《老子》又說：「人法地，地法天，天法道，道法自然」（〈二十五章〉）在本體論意義下，「道」又是萬有存在的惟一規律，同樣的，在《莊子》的「道」論裡，亦綰合了這兩種意涵，譬如〈大宗師〉說：「夫道，有情有信，無爲無形；可傳而不可受，可得而不可見；自本自根，未有天地，自古以自存。」而〈田子方〉說：「至陰肅肅，至陽赫赫，肅肅出乎天，赫赫發乎地，兩者交通成和，而物生焉。」於是山水就是「道」的「導體」，是「道」的具象化，它表現了自然造化之巧，揭露了宇宙存在之理，從而詩人在山水的觀遊中，便能「目擊道存」〔註28〕，啓發玄思，窺見天地的眞象、領悟人生的至理。

　　而就第二個問題來看，劉彥和說：「詩人感物，聯類不窮」，那種心物的互動是「既隨物以宛轉」、「亦與心而徘徊」（《文心雕龍・明詩篇》），因此，山水之所以能夠怡情，就在於「心──物」關係間移情於物、物隨情轉、睹物起情、情緣物遷的辯證融合過程中，特別是從創作主體的角度而言，詩人對物的所感，可說是心物交融的樞紐，也是詩歌生成的邏輯起點，誠如毛正夫先生所論：「感，即感受，是主體對客體的一種擁抱、交合和把握，是集合了客體刺激因素和主體心理諸因素的神奇的創化運動。沒有這一運動，就物歸物，心還心，詩

〔註27〕方立天先生曾將哲學的內容分爲三個大方面：「對於自然界的總看法叫做宇宙觀，也叫自然觀；對人自身和人類社會生活的系統看法，叫做人生觀，若果同時注意它的演進，就叫歷史觀；對於人類認識的研究叫做認識論，其中也包括了方法論。總起來稱爲世界觀。世界觀有廣義、狹義之分，狹義指自然觀，廣義則是上述三方面的總稱。」見《中國古代哲學問題發展史》（北京：中華書局，1992 年12 月二刷），〈前言〉，頁 2。
〔註28〕《莊子・田子方》載仲尼往見溫伯雪子，見之而不言，子路怪而問之，仲尼答曰：「若夫人者，目擊而道存矣，亦不可以容聲矣。」成玄英疏曰：「夫體悟之人，忘言得理，目裁運動而玄道存焉，無勞更事辭費，容其聲也。」同註 21，頁 706。

無從以生。……「感」便是詩創作中的創造性彈撥。」〔註29〕足見「感」之一義，可說是詩歌發生的動力來源，不過，這個動力的產生只是個開頭、只是個起點，而其理想的完美終點則是「心物交融」，然後將詩人對於主體情志與客觀風物的統一所體驗的對於存在的感受和價值理想，透過一種藝術的手法表現出來，所以朱光潛先生說：「美感經驗中的移情作用不單是由我及物的，同時也是由物及我的；它不僅把我的性格和情感移注於物，同時也把物的姿態吸收於我。所謂美感經驗，其實不過是在聚精會神之中，我的情趣和物的情趣往復回流而已。」又說：「人不但移情於物，還要吸收物的姿態於自我，還要不知不覺的模仿物的形象。所以美感經驗的直接目的雖不在陶冶性情，而卻有陶冶性情的功效。心裏印著美的意象，常受美的意象浸潤，自然也可以少存些濁念。」〔註30〕美感經驗既具有陶冶性情的效果，那麼山水的審美也就有其「化解鬱結」、「遊目騁懷」、暢性達生的怡情作用了。

此外，怡情山水的審美體驗中，道家所崇尚的「精神主體的自由」亦有助於提升「藝術之美的觀照」〔註31〕，因為通過道家「滌除玄鑒」、「心齋」、「坐忘」的工夫，就能擺脫實用功利的考慮，「無聽之以耳，而聽之以心；無聽之以心，而聽之以氣」〔註32〕以著一種靈明、虛靜

〔註29〕同註9，第三章〈隨物宛轉與心徘徊——詩的本源及生成（二）〉，頁57。

〔註30〕見朱光潛：《談美》（台北：萬卷樓圖書公司，民國82年7月初版三刷），三〈「子非魚，安知魚之樂？」——宇宙的人情化〉，頁25～31。

〔註31〕參看王邦雄：《老子的哲學》（臺北：東大圖書公司，民國80年4月七版），第六章、第二節〈精神主體的自由，藝術之美的觀照〉，頁193～202。

〔註32〕語見《莊子·人間世》，劉若愚先生解釋此段文意說：莊子在此區別三種認知方式，「聽之以耳」是「感官知覺」（sense perception）；「聽之以心」是「概念思考」（conceptual thinking）；而「聽之以氣」則是「直覺的認識」（intuitive cognition）。見《中國文學理論》，同註3，頁57～58。然而也正因為是「直覺認識」所以才能將「感官知覺」和「概念思考」在瞬間統一，而對事物作本質的把握。所以王國瓔

的觀照，「澄懷味象」、「澄懷觀道」〔註33〕，用一種審美的眼光，直觀宇宙的本體、生命的眞象，領略花草樹木蟲魚鳥獸中所蘊含的無限生機，而得着審美的愉悅。所以徐復觀先生在討論作品精神與作者精神的關係時便說：

> 要能表現出山水的氣韻，首須能轉化自己的生命，使自己的生命，從個人私欲的營營苟苟地塵濁中超昇上去（脫去塵濁），顯發出以虛靜爲體的藝術精神主體，這樣便能在自己的藝術精神主體照射之下，將山水轉化爲美地對象，亦即是照射出山水之神。此山水之神，是由藝術家的美地精神所照射出來的，所以山水之神，便自然而然地進入於藝術主體的美地精神之中，融爲一體。〔註34〕

又如張協〈雜詩十首之三〉云：

> 金風扇素節，丹霞啓陰期。騰雲似涌煙，密雨如散絲。
> 寒花發黃采，秋草含綠滋。閒居玩萬物，離群念所思。
> 案無蕭氏牘，庭無貢公綦。高尚遺王侯，道積自成基。
> 至人不嬰物，餘風足染時。（上冊・頁745）

孫綽〈秋日詩〉云：

先生說：「中國詩人的山水美感經驗雖然起於形象的直覺，卻又不止於形象；雖然通過耳目感官，卻又超越耳目；而是通過耳目所及的山水形象，進而心領神會由形象昇華上去的自然生命之精神韻味。這種由感官的感動進而擴大、淨化而對生命神韻產生認知（recognition）的心靈活動，與道家哲學中對宇宙生命本體的領悟過程是一脈相承的。道家講求的是「眞」。所謂「眞」，就是「自然」，就是「道」，「道」則含有永恆的生命本原的意味。」見王國瓔：《中國山水詩研究》（臺北：聯經出版社，民國85年7月初版四刷），頁394。

〔註33〕葉朗先生說：「『澄懷』就是老子說的『滌除』，莊子說的『心齋』、『坐忘』，也就是虛靜空明的心境。『澄懷』實現審美觀照的必要條件，『澄懷』才能『味象』。『味象』的實質在於『味道』，即是老子說的『玄鑒』，⋯⋯」見氏著：《中國美學史》（臺北：文津出版社，民國85年1月初版一刷），第二章〈老子的美學〉，頁26。

〔註34〕參看徐復觀：《中國藝術精神》（臺北：臺灣學生書局，民國81年7月第十一次印刷），第三章、第十四節〈氣韻的可學不可學問題〉，頁212。

蕭瑟仲秋月，飂戾風雲高。山居感時變，遠客興長謠。
疏林積涼風，虛岫結凝霄。湛露灑庭林，密葉辭榮條。
撫菌悲先落，攀松羨後凋。垂綸在林野，交情遠市朝。
澹然古懷心，濠上豈伊遙。（中冊·頁901）

庚闡〈觀石鼓詩〉云：

命駕觀奇逸，徑騖造靈山。朝濟清溪岸，夕憩五龍泉。
鳴石含潛響，雷震駭九天。妙化非不有，莫知神自然。
翔霄拂翠嶺，綠澗漱巖間。手藻春泉潔，目翫陽葩鮮。

（中冊·頁873）

此中，景陽「逐句煆煉」描寫秋景，以著節候的變化點染出深邃的意
境，然而目睹時變、「應物斯感」所體悟到的，卻是「至人」那種「乘
天地之誠，而不與物相嬰」的精神。又如興公所詠亦是以秋日為題，
而騷人山居，感受仲秋的蕭瑟之氣，所興發的亦是在朝菌、松柏對顯
下，之於性命脩短的思考以及通過「濠梁觀魚」所領略的達生之理。
至於仲初詩則是在泉澗奔流、花鳥騰躍，一片生意盎然裏，感受著造
化的神妙，自然的有靈，三人意趣雖殊，可是那個山水玄思的型態卻
相同。

再如陸沖〈雜詩二首之二〉：

肆觀野原外，放心希太和。景嶽造天漢，豐林冒重阿。
清芬乘風散，艷藻映淥波。（中冊·頁948）

湛方生〈帆入南湖詩〉：

彭蠡紀三江，廬岳主眾阜。白沙淨川路，青松蔚巖首。
此水何時流，此山何時有。人運互推遷，茲器獨長久。
悠悠宇宙中，古今迭先後。（中冊·頁944）

王徽之〈蘭亭詩二首之一〉：

散懷山水，蕭然忘羈。秀薄粲穎，疏松籠崖。
遊羽扇霄，鱗躍清池。歸目寄歡，心冥二奇。

（中冊·頁914）

謝安〈蘭亭詩二首之二〉：

相與欣佳節，率爾同褰裳。薄雲羅陽景，微風翼輕航。

醇醪陶丹府，兀若遊義唐。萬殊混一理，安復覺彭殤。

（中冊‧頁 906）

詩中說「放心希太和」、說「此水何時流，此山何時有，人運互推遷，
茲器獨長久」、說「散懷山水，蕭然忘羈……歸目寄歡，心冥二奇」、
說「萬殊混一，安復覺彭殤」，或是用一種開放的胸懷，縱目肆觀，
體合自然；或是由山川永存，對顯人事的變遷，領略宇宙時空的無限；
或是借山水怡情，舒解塵俗的羈累，寄託精神的趣向；或是在一個良
辰美景的聚會中，暢憂散鬱，欣覺萬殊同於一理，不復有彭觴夭壽之
感，這是山水作為自然之道的「導體」對於騷人興寄的引發，也是作
者以「老莊為意，山水為色」的主體精神的對象化。

再看王羲之的〈蘭亭詩〉：

三春肇群品，寄暢在所因。仰望碧天際，俯磐綠水濱。
寥朗無涯觀，寓目理自陳。大矣造化功，萬殊莫不均。
群籟雖參差，適我無非新。（中冊‧頁 895）

謝靈運的〈登永嘉綠嶂山詩〉：

裹糧杖輕策，懷遲上幽室。行源逕轉遠，距陸情未畢。
澹瀲結寒姿，團欒潤霜質。澗委水屢迷，林迴巖逾密。
眷西謂初月，顧東疑落日。踐夕奄昏曙，蔽翳皆周悉。
蠱上貴不事，屢二美貞吉。幽人常坦步，高尚邈難匹。
頤阿竟何端，寂寂寄抱一。恬如既已交，繕性自此出。

（中冊‧頁 1162）

劉駿的〈初秋詩〉：

夏盡炎氣微，火息涼風生。綠草未傾色，白露已盈庭。
遠視秋雲發，近聽寒蟬鳴。運移矜物化，川上感餘情。

（中冊‧頁 1222）

溫子昇〈春日臨池詩〉：

光風動春樹，丹霞起暮陰。嵯峨映連壁，飄颻下散金。
徒自臨濠渚，空復撫鳴琴。莫知流水曲，誰辯遊魚心。

（下冊‧頁 2222）

宗白華先生說右軍詩「真為代表晉人這純淨的心襟和深厚的感覺所啓示的宇宙觀」，又說：「晉人酷愛自己精神的自由，才能推己及物，有這偉大的意義的動作。這種精神上的真自由真解放，纔能把我們的心襟像一朵花似地展開，接受宇宙和人生的全景，了解它的意義，體會它的深沉的境地。近代哲學上所謂『生命情調』，『宇宙意識』，遂在晉人這超脫的胸襟裏萌芽起來。」〔註35〕而葉維廉先生則從魏晉玄學的角度解讀，認為「這首詩可以說是郭注『天籟』和『吹萬不同』的轉述。山水自然之值得瀏覽，可以直觀，是因為『目擊而道存』（『寓目理自陳』）是因為『萬殊莫不均』，因為山水自然即天理，即完整。」〔註36〕而右軍詩那種在山水中仰觀俯察進而欣悟大造之機的玄思也在此。餘如謝客暢言抱一守道、「以恬養知」，劉駿由物候變遷，感時序乃至萬物皆有其定然之理序，溫子昇寫春日臨池，寄寓濠梁觀魚之逸興，亦無一不是在物我的互動裏，尋找對象、物感與心靈的綜合意象，「以我之神與山水之神相接」，而這種「玄思與審美的二重山水觀」〔註37〕及其物我關係就像王國瓔先生所說的：「山水詩中呈現的物我關係，與道家思想體系中人對自然生命本體的感悟是密切相關的。道家哲學強調的是人與外物之間超功利的無為關係，其最終指標是勸人要物我兩忘，乃至物我同一，達到絕對的自由、逍遙無待的心靈境界。山水詩是經過老、莊思想的洗禮而產生的，中國詩人走向山水、投身自然，不僅因為山水形象之美可以賞心悅目，還因為山水形象所呈現的具有生命的精神氣韻，可以令人領悟到宇宙生命本體的真義，乃至與道冥合。」〔註38〕

〔註35〕見宗白華：〈論世說新語和晉人的美〉一文，收於《美從何處尋》（臺北：駱駝出版社，民國84年6月初版二刷），頁187～210。

〔註36〕見葉維廉：《比較詩學》（臺北：東大圖書公司，民國72年2月初版），四、〈中國古典詩和英美詩中山水美感意識的演變〉，頁135～194。

〔註37〕此為王力堅先生之語，見：《南朝的唯美詩風——由山水到宮體》（臺北：臺灣商務印書館，1997年12月初版一刷），頁31～39。

〔註38〕見王國瓔《中國山水詩研究》，同註32，頁391。

第四節　仙佛世界的嚮往

　　對人生意義的思索、對人生價值的釐定、對人生理想的追尋——
這是伴隨著魏晉時期「個人自我之覺醒」才開啓的對於生命存在的熱
烈探尋，而這份具有時代通性的生命意識遂以著任何可資因借的方式
和型態，作出無數嘗試性的探問，並顯現在當時的藝術作品及哲學作
品當中，所以我們可以看到，原來在每一份藝術作品的背後，都隱含
著創作者對生命的理解和感受，並且作者也在這創作的過程當中，獲
得情感的抒發與精神慰藉；原來也在那哲學的思索活動中，透過理性
的思辨在抽象的高度上竭力地垂詢存在的本質和安身立命之所，爲自
己的生活態度與方式授予形上的理據，以期能在智性裏築起堅固的堡
壘，增益自己的魄力和承擔，只是人本有其脆弱與矛盾的一面，純感
性的活動不足以安頓性情，而純理性的活動也不足以貞定生命，再加
以生命的有限性，際遇榮辱的複雜多變，既有著諸多不以人意志爲轉
移的外在限制，亦有人的智力、情感所無法解決與回答的難題，所以
人需要一個超越於現實界、超越於有限性的力量的支持，而這就是宗
教。

　　回顧魏晉南北朝時期，道教與佛教俱取得極大的發展，所影響的
層面也極大，特別是在那個四海揚塵，兵燹匝地的亂世裏，無疑地是
提供了更有利於宗教發展的背景，再加以士人求道、學佛及士人階層
與釋、道二教的多元文化互動，於是宗教信仰影響了人生情態，人生
情態轉變了人生價值，從而將對於仙、佛世界的嚮往，歌詠入詩，產
生了富於「列仙之趣」與「三世之辭」的作品，而這樣的型態便也成
了玄言詩的精神主題之一。

　　先以神仙世界的嚮往來看，曹植的〈桂之樹行〉云：

　　　桂之樹，桂之樹，桂生一何麗佳，揚朱華而翠葉，流芳布
　　　天涯。上有棲鸞，下有盤螭。桂之樹，得道之眞人咸來會
　　　講仙，教爾服食日精。要道甚省不煩，淡泊無爲自然。乘
　　　蹻萬里之外，去留隨意所欲存。高高上際於衆外，下下乃
　　　窮極地天。（上冊・頁437）

又其〈苦思行〉云：

> 綠蘿緣玉樹，光曜粲相暉。下有兩眞人，舉翅翻高飛。我
> 心何踊躍，思欲攀雲追。鬱鬱西岳巔，石室青蔥與天連，
> 中有耆年一隱士，鬚髮皆皓然。策杖從吾遊，教我要忘言。

（上冊・頁 439）

前一首描寫仙人之內在乃「淡泊無爲自然」，而其外象則可借乘蹻之
術，翱遊萬里之外，任意去留，窮極地天；後一首由巧遇仙人敘起，
寫其欲攀雲相追，而後遇一耆年隱士，相與之遊，教其「忘言」之道，
兩篇皆是抑鬱於內，然後退想與仙人爲伍，逃離喧囂紅塵，滌蕩煩憂，
嚮往神仙自由自在的情態與世界。

嵇康〈四言詩十一首之十〉云：

> 羽化華岳，超遊清宵。雲蓋習習，六龍飄飄。
> 左配椒桂，右綴蘭苕。凌陽讚路，王子奉軺。
> 婉孌名山，眞人是要。齊物養生，與道逍遙。

（上冊・頁 485）

其〈遊仙詩〉：

> 遙望山上松，隆谷鬱青蔥。自遇一何高，獨立迥無雙。
> 願想遊其下，蹊路絕不通。王喬棄我去，乘雲駕六龍。
> 飄颻戲玄圃，黃老路相逢。授我自然道，曠若發童蒙。
> 採藥鍾山隅，服食改姿容。蟬蛻棄穢累，結友家板桐。
> 臨觴奏九韶，雅歌何邕邕。長與俗人別，誰能睹其縱。

（上冊・頁 488）

在叔夜的〈四言詩〉中有著對仙境、仙景的狀繪，並且說仙人的情態
是「齊物養生，與道逍遙」，而後一首則是通過遊仙思想來抒吐其實
存的苦悶，所以詩於開首便描述一個絕塵超俗的環境，然後學自然之
道，服食採藥，捐棄穢累，與世長別，是以李豐楙先生說：「嵇康希
望借遊仙之後，『長與俗人別，誰能睹其蹤。』有離絕紛擾的不滿情
緒。神仙世界是一種虛幻的存在，對嵇康苦悶的情緒卻可昇華，所以
『思欲登仙，以濟不朽。』可免歲月之無常；「長寄靈岳，怡志養神。」

可袪現世之智累。」〔註39〕是知養生怡性、悠然遠引之想，無非是要忘憂解懷，在神仙的天地裏尋覓精神生命的落腳處。

又如何劭〈遊仙詩〉：

青青陵上松，亭亭高山柏。光色冬夏茂，根柢無彫落。
吉士懷眞心，悟物思遠託。揚志玄雲際，流目屬巖石。
羨昔王子喬，友道發伊洛。迢遞陵峻岳，連翩御飛鶴。
抗跡遺萬里，豈戀生民樂。長懷慕仙類，眇然心綿逸。

（上冊・頁 649）

郭璞〈遊仙詩十九首之一〉：

京華遊俠窟，山林隱遯棲。朱門何足榮，未若託蓬萊。
臨源挹清波，陵岡掇丹荑。靈谿可潛盤，安事登雲梯。
漆園有傲吏，萊氏有逸妻。進則保龍見，退爲觸藩羝。
高蹈風塵外，長揖謝夷齊。（中冊・頁 865）

隱逸、遊仙、探藥、服食、全性常是這類詩中共同出現的觀念，就自我的一方面來看，這是對自我的珍視，追求精神的自足，然其所對顯的卻正是「抗跡遺萬里」、「安事登雲梯」的潛在意識與窘迫的社會現實，這是道教神仙思想所提供予人心靈慰藉，也是詩歌主題的內在意脈。

其次，再從佛教的精神主題來看，如蕭統〈東齋聽講詩〉云：

昔聞孔道貴，今觀釋花珍。至理乃悟寂，承稟實能仁。
示教雖三徹，妙法信平均。信言一鄙俗，延情方慕眞。
庶茲袪八倒，冀此遣六塵。良思大車道，方願寶船津。
長延永生肇，庶席諒徐陳。是節朱明季，灼爍治渠新。
霏雲出翠嶺，涼風起青蘋。既參甘露旨，方欲書諸紳。

（中冊・頁 1798）

詩寫世間的至理乃是對於寂滅、涅槃的體悟，能袪除「八倒」，遣淨「六塵」，便可登渡彼岸，而「昔聞孔道貴，今睹釋花珍」一句，更可見作者是在儒、佛各自的體驗、比較之後，對於佛法的頂禮、歸趣。

〔註39〕見李豐楙：〈六朝道教與遊仙詩的發展〉一文，收於《中華學苑》，二十八期（民國 72 年 12 月），頁 97～118。

又如支道林〈詠八日詩三首之一〉：

　　大塊揮冥樞，昭昭兩儀映。萬品誕遊華，澄清凝玄聖。

　　釋迦乘虛會，圓神秀機正。交養衛恬和，靈知溜性命。

　　動爲務下尸，寂爲無中鏡。（中冊・頁 1078）

王齊之〈念佛三昧詩四首〉：

　　妙用在幽，涉有覽無。神由昧徹，識以照麤。

　　積微自引，因功本虛。泯彼三觀，忘此毫餘。（之一）

　　慨自一生，夙乏惠識。託崇淵人，庶藉冥力。

　　思轉毫功，在深不測。至哉之念，主心西極。（之四）

　　（中冊・頁 939）

鳩羅摩什〈十喻詩〉：

　　一喻以喻空，空必待此喻。借言以會意，意盡無會處。

　　既得出長羅，住此無所住。若能映斯照，萬象無來去。

　　（中冊・頁 1084）

此中，充滿了對於釋尊的贊頌，對於修行悟道的啓示，對於佛教因緣之說的宣揚，而其所意味的不正是一個佛教世界觀、佛教價值觀、佛教修行觀落實於人存有者之後，通過其修行親證，所顯示出來的生命主體的精神底蘊。

第九章　六朝玄言詩的詩歌美學

　　自從鍾嶸《詩品》對玄言詩，以其一家的詩歌審美標準做出負面性的評價以來，「理過其辭，淡乎寡味」八字，似乎就成了玄言詩宿命性的印記，甚至人們對這八個字的瞭解與討論超過了玄言詩本身，而玄言詩也從此成了中國詩壇上黯淡孤寂的一隅，向來乏人問津，而後來的研究者，即便有著墨於此，也多淡筆輕描，因襲於仲偉之說，於是長久以來，人們之於玄言詩的客觀認識已經籠牢於《詩品》作者的主觀汰擇和審美判斷之中。只是，吾人倘若對此現象做進一步的反省，當知，以著某種審美理想為標準來評判某類詩歌是一回事，而此類詩歌本身究竟表現為什麼樣的面貌與風格，又屬另一事，這是兩種不同的問題意識，自須加以簡別，更不應專斷地持著經由某種審美標準而獲致的結果，來抹殺此類詩歌的研究意義。再者，關於玄言詩藝術表現的評論還存在著一個現象就是，所謂玄言詩的定義乃是以「理過其辭，淡乎寡味」來作判準，於是以這樣的觀點來作篩選，必然也就會得出這樣的結果，可見在方法論意義下，研究對象之特質與結論的獲致本就是朝著對象定義本身來開放的，這是研究方法的前提預設，也是研究者基於其見解與觀點所採取的態度，不過，這個「前提預設」或「態度」雖然可以立足於純主觀性的立場，可是在不同預設下所分析出的結果，卻存在著各理論間解釋效力的差異，從而這也就

－279－

牽涉到了各種預設之間，優劣的問題、適不適合的問題及其所提出的理論能夠解釋多少對象的理論效力、理論涵蓋性的問題。顯然的，這種以「淡乎寡味」來作爲簡別玄言詩的標準，與本文立基於歸納全部六朝詩作的「題材」分類標準並不相同，是以，對象的界定各異，研究的結論自復不同，這也是方法論下的必然。

是以，本文在這樣以「題材」爲分類標準的詩歌範圍裏，重新地來審視玄言詩所可能具有的詩歌美學意涵，將之置入開放的美學領域中，分從「審美方式」與「美學意境」兩方面，來探討玄言詩所展現的審美活動及其蘊含的美感意境，用以說明玄言詩的詩歌美學。

首先從老、莊哲學來看，老、莊哲學雖然不是談論美學問題的專著，但是它所把握的人生態度卻隱含了藝術的精神，而這種藝術精神則是同其哲學自然地、內在地聯繫在一起，誠如徐復觀先生所論，老莊哲學所說的「道」，若通過思辨去加以開展，以建立由宇宙落向人生的系統，它固然是理論地，形上學的意義，但若通過工夫在現實人生中加以體認，則能發現他們所謂的「道」，實際是一種最高的藝術精神，他們由工夫所達到的人生境界，本無心於藝術，卻不期然而然地會歸於今日所謂藝術精神之上，也可以這樣的說，當莊子從觀念描述「道」，而我們也只從觀念上加以把握時，這「道」便是思辨地形而上性格；但當莊子把它當作人生的體驗而加以陳述，我們應對於這種人生體驗而得到了悟時，這便是徹頭徹尾的藝術精神，莊子所追求的「道」，與一個藝術家所呈現出的最高藝術精神，在本質上是完全相同的，所不同的是，藝術家由此成就藝術的作品，而莊子則由此成就藝術的人生，因而徐先生結論道：「老、莊思想當下所成就的人生，實際是藝術地人生；而中國的純藝術精神，實際係由此一思想系統所導出。」〔註1〕

───────────

〔註1〕 參見徐復觀：《中國藝術精神》（臺北：臺灣學生書局，民國 81 年 7 月第十一次印刷），第二章〈中國藝術精神主體之呈現──莊子的再發現〉，頁 45～143。

　　具體的來看，譬如《老子》說：「有物混成，先天地生。寂兮寥兮，獨立而不改，周行而不殆，可以爲天地母。吾不知其名，強字之曰『道』，強爲之名曰『大』。大曰逝，逝曰遠，遠曰反。」〔註2〕又說：「『道』生一，一生二，二生三，三生萬物。萬物負陰而抱陽，沖氣以爲和。」（〈四十二章〉、「『道』之爲物，惟恍惟惚。惚兮恍兮，其中有象；恍兮惚兮，其中有物。窈兮冥兮，其中有精；其精甚眞，其中有信。」（〈二十一章〉）、「『道』法自然」（〈二十五章〉），這裡所談的皆是《老子》對「道」之先在性、創生性以及律則義和實在性的描述，但是這樣的哲理轉化成美學原理之後，便形成了古典美學中關於審美客體、審美觀照和藝術生命的一系列看法，從審美對象來說，美學家們認爲任何審美客體並不是孤立的、有限的個體，天地萬物都是「道」的外化，而這個個體也必須體現「道」，方才成爲審美的對象；因此從審美觀照來說，整個審美活動的進行便該從表面形式進窺其內在意蘊，由「取之象外」而「澄懷觀道」，從而藝術家也必須在作品中體現這樣的觀點，賦藝術形式予本體的意義，「只有這樣，藝術品本身才有生命力」，而「魏晉南北朝美學家提出的『氣韻生動』的命題，就是這一思想的概括。」〔註3〕至於在《莊子》方面，則其性格更富於美學意味，《莊子》的很多哲學命題，同時就是美學命題，「他的美學即是他的哲學，他的哲學即是他的美學，這是莊子美學一個突出的特點」〔註4〕，例如《莊子・知北遊》云：「天地有大美而不言，四時有明法而不議，萬物有成理而不說。聖人者，原天地之大美

〔註2〕　引自陳鼓應：《老子註釋及評介》（北京：中華書局，1994 年 8 月第五次印刷），〈二十五章〉，頁 163。又文中「天地母」三字，通行本作「天下母」，而陳先生據帛書及范應元之說改爲「天地母」，今引文從其說，頁 164。

〔註3〕　參看葉朗：《中國美學史》（臺北：文津出版社，民國 85 年 1 月初版一刷），第二章〈老子的美學〉，頁 10〜14。

〔註4〕　參看李澤厚、劉綱紀主編：《中國美學史——先秦兩漢之部》（臺北：里仁書局，民國 75 年 10 月 20 日），第七章〈莊子的美學思想〉，頁 243。

而達萬物之理，是故至人無為，大聖不作，觀於天地之謂也。」〔註5〕
又說：「得至美而遊乎至樂，謂之至人」（《莊子‧田子方》，這個「天
地的大美」就是天地的本體、就是萬物生成的道理、就是四時運行的
規律，綜合而言就是「道」，而聖人觀於天地，便能體認天地之美、
通達萬物之理，並且能採取一種「遊」的人生態度，「遊心於物之初」
就能體味至美至樂，稱之為「至人」，因此，「美」的本質是由「道」
來作賦值的，而這個自然無為、純任天真的「道」內容也就成了「美」
的內容，《莊子‧天道》說：「夫虛靜恬淡寂漠無為者，萬物之本也。……
無為也而尊，樸素而天下莫能與之爭美。」〔註6〕此中的「虛靜」、「恬
淡」、「寂漠」、「無為」、「樸素」既是天地的本原、道德的極致，同時
也兼具了審美理想的多重身份。

　　另外，同為「三玄」之一的《周易》，它的美學思想也有可予注
意者，一項是「立象以盡意」，〈繫辭傳〉說：「子曰：書不盡言，言
不盡意。然則聖人之意，其不可見乎？子曰：聖人立象以盡意，設卦
以盡情偽，繫辭焉以盡其言，變而通之以盡利，鼓之舞之以盡神。」
〔註7〕這裡說明了「言」在思想情感上的表達有其局限，故而聖人「立
象以盡意」，借由「象」的運用可以充分的呈現所欲表達的意念，進
而此種方法，發展成一種富於形象性的思維方式，縮合到美學領域便
出現了「意象」這個範疇，如《文心雕龍‧神思》所謂的「窺意象而
運斤」。另一項是「觀物取象」，〈繫辭傳〉說：「古者包犧氏之王天下
也，仰則觀象於天，俯則觀法於地，觀鳥獸之文與地之宜，近取諸身，

〔註5〕引自〔清〕郭慶藩：《莊子集釋》（臺北：木鐸出版社，民國77年元
　　　　月再版），頁735。
〔註6〕成玄英疏此段曰：「虛靜恬淡寂漠無為，四者異名同實者也。歎無為
　　　　之美，故具此四名，而天地以此為平，道德用茲為至也。」「夫淳
　　　　樸素質，無為虛靜者，實萬物之根本也。故所尊貴，孰能與之爭美
　　　　也！」同前註，頁495、462。
〔註7〕引自〔魏〕王弼、韓康伯注、〔唐〕孔穎達等正義：《周易正義》（臺
　　　　北：藍燈書局影印清嘉慶二十年江西南昌學府重刊十三經注疏本），
　　　　頁157下～158上。

遠取諸物，於是始作八卦，以通神明之德，以類萬物之情。」所謂的「觀物取象」它說明了《易》的來源、《易》象的產生以及「觀物」的方式，而從美學的眼光來看，這也就包括了藝術的本源、藝術創造的認識論以及審美觀照等問題，所以葉朗先生說：「『觀物取象』的命題所包含的仰觀俯察的方式，在美學史和藝術史上影響也很大。宗白華指出：『俯仰往還，遠近取與，是中國哲人的觀照法，也是詩人的觀照法。而這觀照法表現在我們的詩中畫中，構成我們詩畫中空間意識的特質。』」〔註8〕

是以從一個學術思潮影響及於文化各層面的觀點來看，以「三玄」爲主要內容的學術思潮，它不僅是一種學術議題，並且已深入於當時知識份子的心理底層，影響並凝塑成他們的世界觀、人生觀，甚而也轉化爲他們的審美理想、審美觀照，例如玄言詩中所吟詠的那種對道的企慕、對道的體悟、對體道境界的表述，以及詩歌審美方式中，那種「即色遊玄」、「寓目理自陳」、「玄對山水」的態度，詩歌風格所表現出的「自然」、「沖淡」、「空靈」的意境，皆是此一美學觀點的具體化，而探賾玄言詩的美學意蘊也當循此脈絡以爲進路。

第一節　玄言詩的審美方式

一、神與物遊

「神與物遊」〔註9〕作爲一種審美活動方式，主要是在探討藝術

〔註8〕 關於《易傳》美學中所包含的「立象以盡意」、「觀物取物」等命題，請參看葉朗《中國美學史》，同註3，第四章〈《易傳》的美學〉，頁63～70。

〔註9〕 成復旺先生認爲，各個民族都有其審美活動，但審美活動的方式卻各具特徵，而如果要用一兩句話來概括中國傳統的審美方式，那麼這個簡單的概括就是「神與物遊」。見氏著：《神與物遊──論中國傳統審美方式》(臺北：商鼎文化出版社，1992年4月一日臺灣初版)，〈引論〉，頁1～22。

構思過程中，主體與客體間辯證融合的精神性活動，《文心雕龍·神思篇》說：「古人云：『形在江海之上，心存魏闕之下。』神思之謂也。文之思也，其神遠矣。故寂然凝慮，思接千載；悄焉動容，視通萬里。吟詠之間，吐納金玉之聲；眉睫之前，卷舒風雲之色：其思理之致乎。故思理爲妙，神與物遊。」〔註10〕這裡有三個關鍵字需予說明，即「神」、「物」與「遊」，所謂的「神」乃指審美主體的精神，此一精神人自殊異，且必包含於主體的世界觀之內；而「物」則是指審美客體，是一切與審美主體相對待的事物，它既可以是自然的景物，當然也可以是社會生活中的各種事物；至於「遊」則是指此主、客間交通融會的活動方式，此「遊」在莊子處本指一種自由解放的精神狀態，是精神擺脫了利害、得失等計執之後，而得到一種無所羈累的愉悅，所以《莊子·人間世》說：「乘物以遊心」，即是順物自然，「乘有物以遨遊，運虛心以順世」，然後得以悠然自適的人生哲學，不過彥和在此卻將之轉化成一種審美主體之於審美對象所進行的意識活動，借用「遊」來表述藝術構思過程中，「思接千載」、「視通萬里」、「精騖八極，心遊萬仞」那種突破時空限制的無限可能性，所以黃季剛先生疏解「神與物遊」之義說：「此言內心與外境相接也。內心與外境，非能一往相符。會當其窒塞，則耳目之近，神有不周。及其怡懌，則八極之外，理無不浹。然則以心求境，境足以役心；取境赴心，心難於照境。必令心境相得，見相交融，斯則成連所以移情，庖丁所以滿志也。」〔註11〕可見此「遊」是一種動態的歷程，是不沾滯、不定執、自由飄流，是「神理流於兩間」，「如蝶無定宿，亦無定飛」。

至於探究「神與物遊」與玄言詩審美方式之間的關係，則主要是表現爲，用一種「虛靜」、「玄鑒」的態度來呈顯主體之於客體的觀照、心靈之於自然之道的冥契，由於玄言詩的核心特質即在於表現對玄理

〔註10〕引自李曰剛：《文心雕龍斠詮》（下冊）（臺北：國立編譯館中華叢書編審委員會，民國 71 年 5 月），頁 1127～1131。

〔註11〕見黃侃：《文心雕龍札記》（臺北：文史哲出版社，民國 62 年 6 月再版），〈神思〉第二十六，頁 95。

的體悟，抒寫此玄妙之境，所以審美主體在體悟的過程中，便該「致虛極，守靜篤」、「滌除玄鑒」、「寂然凝慮」，然後才能由形入神，觀其象外之象，窺見天地之美、通達萬物之情，以領略本體的玄意。所以在玄言詩的發展史裏，不論是寄寓玄言以寫其憂生之嗟也好，是暢抒玄致以達其有生之樂也好，亦或「託懷玄勝，遠詠老莊」，「玄對山水」「散懷丘壑」，飄然有遊仙之趣，凝然有出世之想，無一不是以此主觀之情思，觀照對象；以此深邃靈妙之心鏡，映現事物之理、象外之致，所謂「澄懷味像」、「澄懷觀道」，「像」之所以能「味」，「道」之所以得「觀」，其原因就深蘊在這「神與物遊」的審美方式之中。

二、得意忘言

　　言意之辨本爲魏晉玄學的論題之一，它主要是側重在探討「思想方法」的問題〔註12〕，不過此種思想方法，影響所及，也成了一種審美方式，例如魏晉人物品鑒中，從「漢代的相人以筋骨」到「魏晉的識鑒在神明」〔註13〕，就是由重形到重神的變化，又譬如《世說新語·巧藝》篇載：「顧長康畫人，或數年不點目精。人問其故？顧曰：『四體妍蚩，本無關妙處；傳神寫照，正在阿堵中。』」、「顧長康道畫：『手揮五絃易，目送歸鴻難。』」〔註14〕甚至魏晉名士那種貴得其意，擺落形骸，不經世務，任意所之，雖身在廟堂之上，其心無異於山林之中的人生情態，都可以說是「得意忘言」在不同領域的延伸，所以湯錫予先生說：「言意之辨，不惟與玄理有關，而於名士之立身行事亦

〔註12〕如王葆玹先生說：「『言意之辨』的主題是如何『盡意』或如何『窮理盡性』，這是玄學思想方法的問題，不是玄學討論方式的問題。『思想方法』與『討論方式』乃是不同的概念，前者是指循由何種思路而臻於至高思想境界，後者是指採用何種方式來進行思想交流和論爭。」見氏著：《玄學通論》（臺北：五南圖書公司，民國85年4月初版一刷），頁157。

〔註13〕參看湯錫予：《魏晉玄學論稿》（臺北：育民出版社，民國69年元月元日出版），〈言意之辨〉，頁37。

〔註14〕引自余嘉錫：《世說新語箋疏》（臺北仁愛書局，民國73年10月版），〈巧藝〉第二十一，十三條及十四條，頁722。

有影響。按玄者玄遠，宅心玄遠，則重神理，而遺形骸。……形骸粗迹，神之所寄。精神象外，抗志塵表。由重神之心，而持寄形之理，言意之辨，遂亦合於立身之道。」〔註15〕

　　然而茲就言意問題中，「得意忘言」的一端來看〔註16〕，「得意忘言」最早見於《莊子‧外物》篇：「荃者所以在魚，得魚而忘荃；蹄者所以在兔，得兔而忘蹄；言者所以在意，得意而忘言。」〔註17〕而王弼在《周易略例‧明象》裏則以《老》、《莊》解《易》，進一步發揮了「得意忘言」的論點，他說：

> 夫象者，出意者也。言者，明象者也。盡意莫若象，盡象莫若言。言生於象，故可尋言以觀象；象生於意，故可尋象以觀意。意以象盡，象以言著。故言者所以明象，得象而忘言；象者所以存意，得意而忘象。猶蹄者所以兔，得兔而忘蹄；荃者所以在魚，得魚而忘荃也。然則，言者，象之蹄也；象者，意之荃也。是故，存言者，非得象者也；存象者，非得意者也。象生於意而存象焉，則所存者乃非其象也；言生於象而存言焉，則所存者乃非其言也。然則，忘象者，乃得意者也；忘言者，乃得象者也。得意在忘象，得象在忘言。〔註18〕

在這裡，王弼說「得意而忘象」、「得象而忘言」，又說「得意在忘象，得象在忘言」，由於「言生於象」、「象生於意」，故可以「尋言以觀象」、「尋象以觀意」，此乃是因為「言者所以明象」而「象者所以存意」，但是所謂的「言」、「象」它在表詮的效力上，卻又是必要然而並不充

〔註15〕同註13，頁36。
〔註16〕袁行霈先生認為，言意之辨的討論內容是言辭和意念的關係，而關於這個問題則有三種不同的意見：一為「言不盡意論」、一為「得意忘言論」、一為「言盡意論」。參見氏著〈魏晉玄學中的言意之辨與中國古代文藝理論〉一文，收於《魏晉思想》（甲編五種）（臺北：里仁書局，民國73年1月20日），頁1～30。
〔註17〕同註5，頁944。
〔註18〕引自樓宇烈：《老子‧周易王弼注校釋》（臺北：華正書局，民國72年9月），《周易略例‧明象》，頁609。

分的條件，因此在「尋言」、「尋象」的過程中，便不可拘限、定執於特定的名言與形象，然後才能夠達到「觀象」、「觀意」的效果，所以說「得意在忘象，得象在忘言」。

至於這樣的思想方法轉化為玄言詩的審美方式時，於是就在世事的變幻裏、在自然景物的更替、在山水物候的觀遊中，要能脫略形骸，悟其神理，由於人事與萬物的變遷俱有其天地自然運行的理序，而外在的山河大地、蟲魚鳥獸，也都在宇宙這個「全息系統」〔註19〕內，代表著「道」訊息，因此玄言詩所表現的對於玄理的體悟、對於體玄境界的描述，遂在這個「得意忘言」的審美方式裏，取得了構作的途徑。另外，此一「得意忘言」的審美方式，不僅可以在玄言詩作中，透過具體事物、景物來表現其中所蘊含的玄理，或「玄對山水」，或「散以象外」、或「寓目理自陳」，並且，它甚至就以說理的表述型態，直接作一典故的運用，引用於詩中，例如：

俯仰自得，游心太玄。嘉彼釣叟，得魚忘筌。(嵇康〈四言贈兄秀才入軍詩〉)

得意忘言，言在意後。(傅咸〈與尚書同僚詩〉)

奚用遺形骸，忘筌在得魚。(何劭〈贈張華詩〉)

忘其言往，鑒諸旨歸。(孫綽〈贈嶠溫詩〉)

會感者圓，妙得者意。(謝安〈與王胡之詩〉)

此中有真忘，欲辯已忘言。(陶潛〈飲酒詩〉)

〔註19〕所謂的「全息系統」乃是指：「系統的每一個局部都包含著有關整個系統的全部信息」，亦即是說：「任何一個部分都能反映整體的全部屬性的系統，就為全息系統」。在此系統中，整體它能將所涵蘊的「信息」傳遞予每一個體，而任何在此整體中的個體也就必然的賦有能呈現此一信息的能力。至於這樣的「宇宙全息思想」在中國諸多的哲學作品中亦所在多有，如孟子的「萬物皆備於我」、朱熹的「人人有一太極，物物有一太極」、陸象山的「吾心即宇宙，宇宙即吾心」，都在在的表達了這樣一個觀點。參見劉長林：〈說「氣」〉一文，收於楊儒賓主編：《中國古代思想中的氣論與身體觀》(臺北：巨流圖書公司，1993年3月)，頁130～131。

寓言豈所託，意得筌自喪。（支遁〈八關齋詩〉）

毛麟有所貴，所貴在忘筌。（支遁〈詠懷詩〉）

三、即色游玄

「即色義」本爲以支道林爲代表人物之「即色宗」的主要說法，相傳他曾著有《即色游玄論》，惟今已不傳，然在其它的書中，尚可見到相關的引述，如《世說新語・文學》注引《支道林集・妙觀章》說：「夫色之性也，不自有色，色不自有，雖色而空，故曰色即爲空，色復異空。」又慧達《肇論疏》云：「支道林法師《即色論》云：吾以爲即色是空，非色滅空，此斯言至矣。何者，夫色之性，色不自色，雖色而空。如知不自知，雖知恆寂也。」這裡所說的「色」乃指物質性的存在或物質現象，而「色不自色」即在說明物質現象不是由自己形成，否定了存在性能內在於事物之中的可能性，所以由「色不自色」，故知「色即是空」，而不必等到物質存在壞滅了，才說「空」（非色滅空）〔註20〕。因此，在對於認識本體的途徑上，支道林即主張，本體是相對於現象而言，本體之與現象各有其存在的依據，兩者不能脫離開來，而對於般若性空的原理也必須從本體與現象的相互關係上去理解，惟有通過現象去認識本體，反過來又通過本體去認識現象，如此循環往復，才能做到「二迹無寄，無有冥盡」、「明萬物之自然」、「還群靈乎本無」，是以所謂的「即色游玄」，其思想基礎完全是據此以建立，此中「色」蓋指現象，而「玄」則謂本體而言。〔註21〕

進而作爲一種思想方法來說，「即色游玄」就是要不脫離感性而達到理性，不脫離具象而進入抽象，是要能從山川草木之中，去體悟天地造化的底蘊，從人事的諸多情態之中，去體認萬物自有其定然之理序，誠如錢志熙先生所論：

〔註20〕關於支道林之「即色義」，請參見王邦雄等編著：《中國哲學史》（臺北：國立空中大學，民國87年元月初版二刷），頁405～407。

〔註21〕參看任繼愈主編：《中國佛教史》（第二卷）（北京：中國社會科學出版社，1985年11月一刷），頁237～251。

情與理實際上只是表現層次的不同，沒有根本性質的區
別，它們都是人類的主觀屬性，因此我想，「情感」這一詞
彙既然能夠成立，那麼，「理感」也當然是可說的。東晉玄
言詩表現於詩中的主觀因素即是一種「理感」，也可說是對
於哲理的一種感性的熱忱。郗超詩云：「奇趣感心，虛飆流
芳」。這就表現出東晉詩人以感性的方式去體悟理性的內
容，創造出特殊的象與理游的詩境。〔註22〕

因此，這種「即色游玄」的審美方式，它讓玄言詩有了更開闊的空間
可以容納更多形象事物，這些形象事物不僅不妨礙之於玄理的體悟，
反而可以成為引發玄思的媒介，並且也在詩歌內容的表現上，豐富了
詩歌的藝術美感，讓玄言詩中抒寫玄理的題旨有了更多元、開放的呈
顯方式，提供了「名理」與「奇藻」相浹為一的創作基礎。

第二節　玄言詩的美學意境

　　明人劉應登曾謂：「晉人樂曠多奇情，故其言語文章別是一色」
〔註23〕，而如果用這句話來比況玄言詩，那麼亦可說玄言詩的所表現
的藝術美感也是「別是一色」。鍾嶸《詩品》說玄言詩乃是「理過其
辭，淡乎寡味」，然而這如同荀子批評墨子、莊子為「蔽於用而不知
文」、「蔽於天而不知人」（《荀子・解蔽》）批評老子為「有見於詘，
無見於信」（《荀子・天論》）一樣，殊不知任何一位思想家之所以名
家而成家者，正在其終極關懷不同、終極價值不同、終極理想不同，
是以墨子之「見」正在於「用」，而莊、老之「見」正在於「天」與
「詘」，相同的，「理過其辭，淡乎寡味」的玄言詩，其特質正在「理」
與「淡」。

　　首先，就「理」的方面來看，成中英先生於〈從哲學看文學──

〔註22〕參看錢志熙：《魏晉詩歌藝術原論》（北京：北京大學出版社，1993
　　　　年1月一刷），頁382。
〔註23〕見〔明〕劉應登：《世說新語・序目》，引自余嘉錫《世說新語箋疏》，
　　　　同註14，頁931。

論文學四義與文學十大功能〉〔註24〕一文中，即分由「哲學四義」與
「文學四義」來探究哲學與文學相互交流的密切關係，他解釋「哲學
四義」說：

一、哲學乃是一門利用理性來求得知識的學問，其對象不
外客觀世界的事物，其目的乃在建立系統的理性知
識，並確定理性知識的基礎，使吾人了解世界的本質，
透視客觀宇宙的奧秘。

二、在哲學第二義中，哲學的對象是人群與社會。哲學的
目的在肯定人群生活的意義與社會存在的價值。這種
社會性也可以說是源於人的社會性與社會價值的自
覺。……社會與歷史是人在空間與時間中的延伸，自
然成爲人的觀察與經驗的對象，因之也成爲哲學思考
及探索的對象。了解社會與歷史也就獲得一種對人的
價值更高一層的了解。

三、哲學家於理解自然現象與社會現象之餘，進而反省及
探求人的創造性與精神性。因而肯定人生的精神價值
世界。人不但有認識世界的好奇心，更有了解自我的
欲望。但所謂自我並非客觀物質，亦非社會現象。自
我乃見之於心靈和精神的活動，亦即理智、情感、欲
望、意志等能力的活動。這些活動都有目的性，且由
此成爲意義與價值的根源。

四、哲學的第四義是自然世界的認識、主觀自我的反省以
及社會生活之體驗的統合。這個意義的哲學是以最後
統一性及全體性爲其引導原則。要把知識、存在與價
值所包含的問題與疑難完全解除，且呈現一個知識與
智慧、自然與人生、自我與社會圓融和諧的境界。……
哲學在這個層次上指向一種絕對和無限的價值，而成
爲以上三種哲學層次的提昇。

以上這四種意義的哲學，第一種可稱爲「自然世界的哲學」；第二種

〔註24〕成中英：〈從哲學看文學──論文學四義與文學十大功能〉，收於《中
外文學》第四卷第一期，（民國64年6月一日），頁18～38。

可稱爲「社會世界的哲學」；第三種可稱爲「心靈世界的哲學」；第四種可稱爲「全體性或全體世界的哲學」。

　　至於文學則是用直接而具體的方式來表達人對自然世界、社會世界和精神活動之感興（生活在這個世界上的人對其周遭環境的一種以情意爲主的反應），並且，文學之獨特性與必然性乃在其爲人性與人生表達情意活動、滿足情意活動的一種方式。故文學同時代表人性的能力與人生之需要，是以透過文學的創造，人才能成爲一個完整的價值創造者。進而解釋「文學四義」說：

　　　一、文學是以感興的方式表現人對自然生命與宇宙事物的
　　　　　反應和觀賞。第一意義的文學就是要透過自然之境來
　　　　　實現自我之意趣與情感。
　　　二、第二意義的文學是人對社會與歷史的感興，以表現社
　　　　　會中人的境遇，和其所深含的意義。
　　　三、第三意義的文學是對人的心靈世界的探索，表現對人
　　　　　生理想與精神價值的追求。
　　　四、第四意義的文學則完全不受對象和技巧的限制，但卻
　　　　　以揉合前三意義文學爲一整體爲目的。

進而綜合「哲學四義」與「文學四義」來看，可發現兩者之間有其相應的層次、對象和活動，分別地反映與表現人生豐富的理想價值。如果我們肯定人生是一個完整統一的連續體，那麼哲學與文學的層次和活動的相應正好說明了兩者的相輔相成，何謂相輔？因爲沒有文學不足以顯示人生的情趣與生命的境界；沒有哲學則不足以把握人生眞理與智慧的理想，綿延生命對理想價值的追求。何謂相成？因爲有文學則人生充滿創造的喜悅，有哲學則人生表現理性的秩序，是以當兩者都達到最高層次時，那麼一個最深刻的哲學智慧可以採取文學的美的形式來顯現，而一個最精妙的文學形式也可以涵蓋最深刻的哲學智慧，在一個極限的情況下，文學的最高境界也就是哲學的最高境界，哲學的最高境界也就是文學的最高境界。

　　可見詩歌非但不是不能表現理思，反而是必須要有理思的加入，

才能顯出詩歌的深刻性，產生強烈的審美感受，以復歸於人（創作主體）的原點，展現出詩歌的生命感和生命力。而這種對於「詩」、「理」關係的討論，亦遍見於前人的詩歌評論中，如劉熙載《藝概》說：

> 陶詩用理語，各有勝境，鍾嶸《詩品》稱孫綽、許詢、桓、庾諸公詩，皆平典似道德論，此由乏理趣耳。夫豈尚理之過哉。

袁枚《隨園詩話》云：

> 或云：「詩無理語。」予謂不然。〈大雅〉：「於緝熙敬止」；「不聞亦式，不諫亦入」；何嘗非理語？何等古妙？《文選》：「寡欲罕所缺，理來情無存。」唐人：「廉豈活名具，高宜近物情。」陳后山〈訓子〉云：「勉汝言須記，逢人善即師。」文文山〈詠懷〉：「疏因隨事直，忠故有時愚。」又，宋人：「獨有玉堂人不寐，六箴將曉獻宸旒。」亦皆理語；何嘗非詩家上乘？至乃「月窟」「天根」等語，便令人聞而生厭矣。

沈德潛《清詩話別裁集》云：

> 詩不能離理，然貴有理趣，不貴下理語。陶淵明「汲汲魯中叟，彌縫使其淳」，聖人表章六經，二語足以盡之。杜少陵「江山如有待，花柳自無私」，天地化育萬物，二語足以形之。邵康節詩，直頭說盡，有何興會？至明儒「太極圈幾大，先生帽子高」，真使人笑來也。

可見詩中不是不能說理，反而是「詩不能離理」、「作詩以說理爲最難」（馬一浮《爾雅臺答問》），只是要斟酌借由什麼樣的手法來談玄說理，使之不落「理窟」而呈現「理趣」，誠如錢鍾書先生所論：

> 顧人心道心之危微，天一地一之清寧，雖是名言，無當詩妙，以其爲直說之理，無烘襯而洋溢以出之趣也。理趣作用，亦不出舉一反三。然所舉者事物，所反者道理，寓意視言情寫景不同。言情寫景，欲說不盡者，如可言外隱涵；理趣則說易盡者，不使篇中顯見。徒言情可以成詩；「去去莫復道，沈憂令人老」，是也。專寫景亦可成詩；「池塘生

春草，園柳變鳴禽」，是也。惟一味說理，則於興觀群怨之
旨，倍道而馳，乃不泛說理，而狀物態以明理；不空言道，
而寫器用之載道。拈形而下者，以明形而上；使寥廓無象
者，託物以起興，恍惚無朕者，著述而始見。譬之無極太
極，結而爲四象兩儀；鳥語花香，而浩蕩之春寓焉；眉梢
眼角，而芳悱之情傳焉。舉萬殊之一殊，以見一貫之無不
貫，所謂理趣者，此也。〔註25〕

是知，「詩」與「理」之間並不存在其結合之合理性與否的問題？而
是要探討「詩」應以何種方式來呈顯「理」，以期能不斲喪「詩」的
藝術性，並且增益「詩」的質感與深度的技巧性問題，然而回顧玄言
詩的發展，由於它正處在於詩中開始談玄論理的嘗試階段，故難免有
生澀、質木、枯燥的作品產生，但是六朝玄言詩中也不乏從形象思維
入手，縱身林壑、託懷山水、取諸譬喻的篇什，此又不可一概而論。

其次，再就「淡」的方面來看，「淡」之一義，可說是「晉人的
美學理想」，而「玄言詩正以『淡』形成了自己的美學境界」。〔註26〕
今推源「淡」的內在意涵，當可追溯至老莊思想，《老子・三十五章》
說：「執大象，天下往。往而不害，安平太。樂與餌，過客止。『道』
之出口，淡乎其無味，視之不足見，聽之不足聞，用之不足既。」
《莊子・應帝王》說：「汝游心於淡，合氣於漠，順物自然而無容私
焉，而天下治矣。」一者說，「道」的表述，淡乎無味，然卻遍於天
地，用之不足既；一者說「其任性而無所飾焉則淡矣」〔註27〕，以
爲理想的人格型態當是「隨造化之物情，順自然之本性」，標誌了「淡」
是一種自由虛靜的精神境界。進而此「淡」又從理想的人格型態轉
化爲人物品鑒的標準，如劉劭《人物志・九徵》篇說：「凡人之質量

〔註25〕 參見錢鍾書：《談藝錄》（臺北：書林出版社，民國 77 年 11 月），六
九條〈隨園論詩中理語〉，頁 227～228。
〔註26〕 見傅剛：《魏晉南北朝詩歌史論》（吉林：吉林教育出版社，1995 年
12 月一刷），頁 167。
〔註27〕 此爲郭象注「汝游心於淡」一句之語，見郭慶藩《莊子集釋》，同註
5，頁 294。

中和最貴矣。中和之質，必平淡無味。故能調成五材，變化應節。」
〔註28〕《世說新語‧品藻》條二十三載：「王丞相辟王藍田爲掾，庾
公問丞相：『藍田何似？』王曰：『眞獨簡貴，不減父祖；然曠澹處，
故當不如爾。』〔註29〕於是「淡」之一義，從理想人格型態一變爲
人物品鑒標準，又從人物品鑒標準一變爲胸襟、懷抱與體玄境界的
表述語，如「淵淡體至道，色化同消息」、「恬淡養虛幻，沈精研聖
猷」、「猗歟世上士，恬淡志安貧」、「友以淡合，理隨道泰」、「君子
流然，恬淡自逸」等，從而在玄言詩裏，那種以詩來歌詠人生意境
的型態下，「淡」也就兼具了形上之道、人格理想和詩歌風貌，融合
交會成玄言詩的美學意境。

　　因此，從玄言詩的特徵是在體悟玄理的觀點來看，此「理」的本
質，並不是對客觀世界、那種屬於科學知識範疇的認知，它實際上是
種宇宙對我所呈顯的意義的把握，因此，這個理的內容，乃是一個主
體價值的世界，它是由價值來講存有，而不是從存有來講價值，就像
龔鵬程先生所說的：

> 中國哲學中，存有論其實就是價值論（A system of ontology
> is also a theory of value），依人在價值實踐歷程中所達到的
> 境界，來講世界的存有。人的實踐路數不同、所達至的心
> 靈狀態，亦復不同，於是世界遂也不只是客觀實然的既成
> 事實經驗世界，而是依我們的實踐不斷昇進，由昇進而異
> 趣。這些不同的世界，顯然都屬於價值層，代表了實踐的
> 心靈價值，呈現了多層而非平面的世界。這種世界，就具
> 有不同層次的境界。〔註30〕

因而玄言詩中，所談之「玄」、所論之「理」，它所代表的事實上即爲
詩人的世界觀、人生觀，而「詩人之所以以玄理入詩，目的並不在於

〔註28〕引自郭楙：《人物志及注校證》（臺北：文史哲出版社，民國 76 年 7
　　　月初版），頁 57～59。
〔註29〕同註 13，頁 517。
〔註30〕見龔鵬程：《文學與美學》（臺北：業強出版社，1995 年元月修訂版
　　　一刷），第三章〈中國哲學之美〉，頁 46～77。

討論抽象的哲理，而是有取於玄學的人生境界」〔註31〕，而這個人生境界呈顯在詩歌之中，也就表現爲玄言詩的美學意境。〔註32〕

一、平淡自然之境

　　說玄言詩的美學意境在於「平淡自然」這其實包含了三方面的意義：第一、《老子》既然說「道之出口」是「淡乎其無味」，那麼以體道爲主要特徵的玄言詩自然也就表現爲「淡乎寡味」；第二、「淡」之一義，以著「中和之質，必平淡無味」的姿態，標誌著人物品鑒的最高標準，並且深化成一種理想的人格型態，從而也就影響了詩歌的表現風格；第三，「淡」還是一種精神境界，因此在詩歌抒寫性靈的意義裏，「淡」便從精神境界映現到詩歌境界來，是以，從一個文化背景的角度來看，平淡可說是文化風尚向審美情趣的延伸。

　　再者，《老》、《莊》哲學中的「自然」，乃指自然而然、自己如此而言，它既是萬物存在的規律，也是道家人生哲學中的理想存在情態，而當它作爲一種審美原理時，便表現爲追求一種「自然天成之美」〔註33〕，王弼於《周易・賁卦・上九》注曰：「處飾之終，飾終反素。

〔註31〕 見張海明：《玄妙之境——魏晉玄學美學思潮》（吉林：東北師範大學出版社，1997 年 5 月一刷），頁 221。

〔註32〕 李澤厚先生說：「和莊子哲學所提倡的人生態度以及它對人生的意義和價值的認識相聯繫，莊子哲學追求着一種所謂『萬物與我爲一』的自由境界，並且認爲這種境界即是最高的美。這又從另一方面顯示莊子美學的重要特徵：那就不僅從對象上去考察美，而且從對象與主體之間所構成的某種境界上去考察美，並且追求着一種超出有限的狹隘現實範圍的廣闊的美。在中國美學中占有重要地位的『意境』說，就其最早的思想淵源來說，主要也發端於莊子美學。」見李澤厚《中國美學史》，同註 4，頁 258。至於本文所謂「意境」大抵也循此見解，指涉著主體與對象之間所呈現的某種境界而言。

〔註33〕 王力堅先生於探討正始詩歌審美理想時，曾謂正始名士高揚自然之道，所樹立的美學風貌，是一種「從道之自然無爲的思想出發，推崇一種平淡無味的審美觀」、是一種「以白爲飾」的「白賁之美」，而此「白賁之美」的眞正含義便是自然天成之美。參看〈自然之道與白賁之美——正始詩歌審美理想新探〉一文，收於《大陸雜誌》第九十一卷、第五期，（民國 84 年 11 月十五日），頁 26～30。

故任其質素,不勞文飾,而無咎也。以白爲飾,而無憂患,得志者也。」
〔註34〕而《文心雕龍・情采》篇也說:「是以衣錦褧衣,惡文太章;
賁象窮白,貴乎反本。」〔註35〕此中,所謂的「以白爲飾」、所謂的
「賁象窮白,惡文太章」,就是一種追求復歸於平淡、追求自然之美
的審美觀,誠如宗白華先生所論:

> 像六朝人的四六駢文、詩中的對句、園林中的對聯,講究
> 華麗詞藻的雕飾,固然是一種美,但向來被認爲不是藝術
> 的最高境界。要自然、樸素的白賁的美才是最高的境
> 界。……最高的美,應該是本色的美,就是白賁。劉熙載
> 《藝概》說:「白賁占於賁之上爻,乃知品居極上之文,
> 只是本色。」所以中國人的建築,在正屋之旁,要有自然
> 可愛的園林;中國人的畫,要從金碧山水,發展到水墨山
> 水;中國人作文作詩,要講究「絢爛之極,歸於平淡」。
> 所有這些,都是爲了追求一種較高的藝術境界,即白賁的
> 境界。〔註36〕

譬如明人胡應麟稱賞陶潛詩爲「開千古平淡之宗」,朱子謂淵明詩
「平淡出於自然」,許學夷《詩源辨體》說「靖節詩平淡自然」,皆
以「平淡」標目,將其詩歌語言與寧靜平淡的精神境界,作一統合
的概括。而陳慶輝先生則更認爲陶淵明的詩歌創作對意境說有著相
當的貢獻,甚且「詩的意境說最早源於陶詩,是有充足理由的」,
例如「他的〈歸田園居〉、〈飲酒〉等詩作,大多通過寧靜的田園風
光、鄉居樂趣、勞動甘苦的樸素描寫,及映出辭職歸田,「復得返
自然」的愉快情緒和恬淡閑適的心境。這些詩「外枯中膏、質而實

〔註34〕引自〔魏〕王弼、韓康伯注、〔唐〕孔穎達正義《周易正義》(臺北:
藍燈書局影印清嘉慶二十年江西南昌學府重刊十三經注疏本),頁63
下。又引文中「故任其質素」一句,「任」本作「在」,然〈校勘記〉
云:「閩監毛本同岳本、宋本、古本、足利本,『在』作『任』是也。
疏引亦當依宋本作『任』。」今從其說,頁77下。
〔註35〕同註10,頁1450。
〔註36〕參看宗白華:《美從何處尋》(臺北:駱駝出版社,民國84年6月一
版二刷),〈中國美學史中重要問題的初步探索〉一文,頁16。

綺、朧而實腴」、「味不可及」，爲後人研究意境提供了不可企及的
範本。」〔註37〕

　　因此，如果說所謂的美學意境就是要從「主體與對象之間所的構
成的某種境界去考察美」，那麼「平淡自然之境」就是那種將天道自
然的形上思想落實成爲人存有者理想存在情態，然後透過詩歌的藝術
形式所表現出來的境界美感。

二、沖虛空靈之境

　　在《老子》書中，曾有過幾段對「道體」的描述，如「道沖，而
用之或不盈。淵兮，似萬物之宗；湛兮，似或存。」(〈四章〉)、「是
謂之無狀之狀，無物之象，是謂惚恍」(〈十四章〉)、「大音希聲，大
象無形，道隱無名」(四十一章〉)，凡此，俱是說明大道的沖虛淵深、
不可形狀，而道的這種屬性，遂也促成了玄言詩歌的空靈特質，緣於
對大道的體悟領略，將之歌詠入詩，於是便產生了沖虛空靈的意境。

　　再者，宗白華先生曾說：「藝術心靈的誕生，在人生忘我的一刹
那，即美學上所謂『靜照』。靜照的起點在於空諸一切，心無掛礙，
和世務暫時絕緣。這時一點覺心，靜觀萬象，萬象如在鏡中，光明瑩
潔，而各得其所，呈現著它們各自的充實的、內在的、自由的生命，
所謂萬物靜觀皆自得。這自得的、自由的各個生命在靜默裏吐露光
輝。蘇東坡詩云：『靜故了群動，空故納萬境。』王羲之云：『在山陰
道上行，如在鏡中游。』空明的覺心，容納著萬境，萬境浸入人的生
命，染上了人的性靈。」〔註38〕可見是道家「滌除玄鑒」、「虛靜恬淡」
的人生哲學的修養，然後才在藝術的形式中，借由主體之於客體的觀
照，使詩歌的意境產生了澄明朗朗極富自得之趣的藝術效果，使人情
累暢豁，悠然遠引。〔註39〕

〔註37〕見陳慶輝：《中國詩學》(臺北：文史哲出版社，民國83年12月初
　　　　版)，第四章〈詩歌意境論〉，頁128。
〔註38〕參看宗白華：〈論文藝的空靈與充實〉，同註36，頁53～54。
〔註39〕李炳海先生說：「道家學說以沖虛爲本，由此帶來了道家文學空靈性

例如孫拯〈贈陸士龍詩十章之九〉云：

> 釋彼短寄，樂此窈冥。形以神和，思以情新。
> 青雲方乘，芳餌可捐。達觀在一，萬物自賓。
>
> （上冊‧頁723）

庾友〈蘭亭詩〉：

> 馳心域表，寥寥遠邁。理感則一，冥然玄會。
>
> （中冊‧頁908）

虞說〈蘭亭詩〉：

> 神散宇宙內，形浪濠梁津。
> 寄暢須臾歡，尚想味古人。（中冊‧頁916）

詩中所謂的「達觀」、所謂的「馳心、理感、玄會」、所謂的「神散」，無非是一種對自然之道的「觀照」，是透過一種「疏瀹而心，澡雪而精神」（《莊子‧知北遊》）的過程，然後才能有著如「至人之用心若鏡」一般，「體盡無窮，而遊無朕；盡其所受乎天，而無見得，亦虛而已。」（《莊子‧應帝王》）體會著無窮的大道，遊心於寂靜的天地，因著心境的空明冲虛，讓萬物秉受於造化的靈妙，耀然自顯，領略著宇宙的盎然生機、無限欣趣，就如同王羲之〈蘭亭詩〉所歌詠的：「三春肇群品，寄暢在所因。仰望碧天際，俯磬綠水濱。寥朗無涯觀，寓目理自陳。大矣造化功，萬殊莫不均。群籟雖參差，適我無非新。」（中冊‧頁895）這是審美主體的「冲虛」才具現了大道賦予於萬物的靈秀氣質，並且也因為此一靈秀之氣有其幽邈、深邃的來源，所以才豐富了詩歌蘊含不盡、杳然玄遠的意境。

又如袁宏〈從征行方頭山詩〉：

> 峨峨太行，凌虛抗勢。天嶺交氣，窈然無際。
> 澄流入神，玄谷應契。四象悟心，幽人來憩。
>
> （中冊‧頁920）

的特點。這種空靈性既體現於客觀境界，又體現於心靈狀態，同時還是創作過程中主體客體交互作用的特定方式。」參看氏著：《道家與道家文學》（高雄：麗文文化事業股份有限公司，1994年5月初版一刷），頁218。

王喬之〈奉和慧遠遊廬山詩〉：

超遊罕神遇，妙善自玄同。徹彼虛明域，曖然塵有封。
眾阜平寥廓，一岫獨凌空。霄景憑巖落，清氣與時雍。
有標造神極，有客越其峯。長河濯茂楚，險雨列秋松。
危步臨絕冥，靈壑映萬重。風泉調遠氣，遙響多喈嗈。
遐麗既悠然，餘盼覿九江。事屬天人界，常聞清吹空。

（中冊・頁938）

支道林〈詠懷詩五首之一〉：

傲兀乘尸素，日往復月旋。弱喪因風波，流浪逐動遷。
中路高韻益，窈窕欽重玄。重玄在何許，採真遊理間。
苟簡為我養，逍遙使我閑。寥亮心神瑩，含虛映自然。
曡曡沈情去，彩彩沖懷鮮。踟躕觀物象，未始見牛全。
毛鱗有所貴，所貴在忘筌。（中冊・頁1080）

在袁宏詩中，就文字表現來說，是宇宙的窈然，恢擴了視覺意象的窈然，然而從詩意的創生來說，卻是心境的沖虛，方才使得萬象俱顯，心與象應。至於王喬之的以境顯理，理用象明，支道林的緣於心神寥亮，故能「含虛映自然」，亦同樣是在主體之於對象的靜觀自得裏，營造了詩歌意境的沖靈之美。

三、寧靜閑適之境

　　老、莊的人生哲學，無非是一種追求自足懷抱、精神自由而又清靜恬淡的生命情調，這種追求它是立基於性分之內，所以說是自足懷抱；它是在擺落心知的定執與情識的纏累，達觀萬物的理序，與造化同流，逍遙恣意，所以說是精神自由；同時它又需要一種「致虛極，守靜篤」、「心齋」、「坐忘」的修養工夫，所以遂流露了清靜恬淡的精神面貌。而當這種追求，借由語言文字來暢達，以著詩歌的藝術形式來抒寫，從而便表現為寧靜閑適的意境。

　　如曹茂之〈蘭亭詩〉：

時來誰不懷，寄散山林間。

尚想方外賓，迢迢有餘閑。(中冊·頁 909)

王肅之〈蘭亭詩二首之一〉：

在昔暇日，味存林嶺。

今我斯遊，神怡心靜。(中冊·頁 913)

史宗〈詠懷詩〉：

有欲苦不足，無欲亦無憂。未若清虛者，帶索被玄裘。

浮遊一世間，泛若不繫舟。方當畢塵累，栖志老山丘。

(中冊·頁 1087)

嵇喜〈答嵇康詩四首之三〉：

達人與物化，無俗不可安。都邑可優游，何必棲山原。

孔父策良駒，不云世路難。出處因時資，潛躍無常端。

保心守道居，覩變安能遷。(上冊·頁 550)

陶潛〈歸園田居詩五首之一〉：

少無適俗韻，性本愛山丘。誤落塵網中，一去三十年。

羈鳥戀舊林，池魚思故淵。開荒南野際，守拙歸園田。

方宅十餘畝，草屋八九間。榆柳蔭後簷，桃李羅堂前。

曖曖遠人村，依依墟里煙。狗吠深巷中，雞鳴桑樹顛。

戶庭無塵雜，虛室有餘閑。久在樊籠裏，復得返自然。

(中冊·頁 991)

心神的寧靜閑適，當來自情累的蠲除，也唯有不再為世俗的榮辱、利害、貴賤等價值判斷縈懷，自我才能上翻一層，因著超脫而得其自在。所以詩人於身遭迍邅之際，不免心懷遯隱之想，因此放形丘壑，寄散山林，借以抒吐抑鬱，洗滌煩悶，暫得閑適之趣，如曹茂之的「寄散山林間」、王肅之的「今我斯遊，神怡心靜」史宗的「未若清虛者，帶索被玄裘。……方當畢塵累，栖志老山丘。」俱屬此類。又有因心已靜寂，體同物化，所以能「無入而不自得」，抱一守靜，物我不相勝，而能人與境偕，心無紛擾，自然能夠呈顯出一幅寧靜閑適的畫面，所以嵇喜詩說「達人與物化，無俗不可安」，而淵明詩則更是將自我畫入到一個靜謐、平淡的農村生活之中，雖然造語質樸，可是涵詠其間卻又令人感到意味醇厚，情韻不盡，一種寧靜與閑適的情懷蔓延於

整首詩的意脈之中。

　　陳慶輝先生於討論中國詩學的意境論時，曾有過一段精闢的見解，他說：「研究中國詩學，不探究中國詩的意境，那將是膚淺的和不徹底的。當我們說『中國的詩』的時候，意在強調它不同於世界其它民族詩歌的特色。這種特色是什麼呢？古人講言志、緣情、明道，其實，所謂志、情、道本身並不就是詩；古人也講寫景、詠物、敘事，而實際上，情也好、物也好、事也好，只是形式或手段，而不是詩的內核和目的；古人也講過格調、音節、體制，但顯然，那是詩之末而不是詩之本。中國詩的確離不開景物的描繪、情志的抒寫和格調的詠唱，但真正的詩卻是中國歷代詩人和詩哲孜孜以求、至今仍然令中外學者嘆為觀止的詩歌意境，中國詩的本質特徵在於此。意境，體現著中國古代人的人生理想和審美追求，是中國詩最深刻的本體和藝術靈魂。意境理論的形成，走過了上千年的漫長路程，滲透著各種哲學和美學思想的陶熏和影響，同時，經受了歷代詩歌創作實踐的反覆檢驗。可以說，意境論是中國詩學的結晶。」〔註40〕因此，從玄言詩的角度來看，或許玄言詩在辭藻的琢鍊上，未能「結藻清英，流韻綺靡」；在情感的表達上，未能「雅好慷慨，志深筆長」；在創作的手法上，未能充分巧妙地運用賦、比、興等技巧，所以並不符合鍾嶸要求詩歌應該「宏斯三義（賦、比、興），酌而用之，幹之以風力，潤之以丹彩」的審美理想，然而，如果說詩歌的美學領域應該是多元開放的，而不是單一向度的；詩歌的美學成素，應該是情、景、事、理的交互融合，而不是趨於某種成素的傾斜，詩歌的采藻、格調、體制，只是形式與手段，其根本在於意境的獲得，那麼，玄言詩在縮合「詩」與「理」以恢擴詩境和表現方式的嘗試過程當中，有其自身的審美方式，呈現其獨自的意境，此中或許有未臻圓熟之處，但是玄言詩對於豐富中國詩歌與「別是一色」的表現方式，當有其特殊意義，不應一概抹殺。

〔註40〕同註37，第四章〈詩歌意境論〉，頁125。

第十章　結　論

　　本章將分成三個部份來進行：一、回顧本文各章之主要論題；二、討論玄言詩之價值和影響；三、本論題的可發展性。

第一節　本文各章之主要論題

　　沈約《宋書・謝靈運傳論》曾論玄言詩：「自建武迄乎義熙，歷載將百，雖綴響聯辭，波屬雲委，莫不寄言上德，託意玄珠」[註1]，獨盛於東晉詩壇達百年之久，因此在近四百年的魏晉南北朝詩歌史中，就佔了四分之一強，更無論其在東晉之前的醞釀、發展階段，在東晉之後的轉變、衰退階段，是以光從一種文學現象來看，玄言詩研究的價值就值得肯定，誠如馬積高、黃鈞二位先生所說：「玄言詩作為一個詩歌潮流盛行了那麼長的時間，本身就是一個值得注意的文學現象。」[註2]惟縱觀前人研究成果，目前尚未有以「玄言詩」為研究主體，作一史的考察與內蘊探究的專著出現，因此重新就六朝玄言詩的興起和流變，進行一專門的探討，實有其迫切的需要與補闕

〔註1〕　見〔梁〕沈約：《宋書》（臺北：鼎文書局，民國76年5月五版）（冊三），卷六十七、列傳第二十七〈謝靈運〉，頁1778。
〔註2〕　參看馬積高、黃鈞主編：《中國古代文學史》（上）（湖南：湖南文藝出版社，1992年5月）。

的價值，故而本文用此名題，認爲惟有通過現存六朝詩作的全面檢索，方能明其內涵；考其外因與內緣，方能知其緣何興起；剖判作品的階段特色，方能識其流變，從而揭明玄言詩的意蘊與樣態，梳理其發展脈絡，並探賾其精神內涵、美學意境，期能對於詩歌史上的一段罅漏〔註3〕，提供可能的參考，也希望給予玄言詩的評價活動有一個發言的起點。

於是本文依循一「外在研究」的方法論意識，考察促使玄言詩產生的時代背景，意欲證明「玄言詩存在的歷史合理性」〔註4〕，並據此作爲諸多因其自身理論效力的局限而企圖對玄言詩現象進行反淘汰的對反意見〔註5〕，而考察結果的「天下多故，常慮禍患」、「莊老

〔註3〕 誠如王鍾陵先生所説：「玄言詩階段是一個被鄙棄的文學史時代。從劉勰、鍾嶸開始，人們對玄言詩一直批評到現在，文學史家們無視玄言詩的存在，找不到一部文學史給玄言詩專門寫過一章一節，玄言詩從未被當作一個值得研究的對象而爲人們嚴肅對待過，玄言詩這個『歷載將百』的文學史階段輕易被文學史家們抹掉了，從而文學史上便出現了大段空白。這種對待玄言詩的態度，不僅使得人們對玄言詩本身不甚了了，還影響到對此期整個詩歌發展的理解。抹掉了對玄言詩的研究，人們對玄言詩同其以前及其以後詩歌之間的發展關係，也就無法了解，從而大大限制了對這一時期文學史發展規律的認識。」見氏著：《中國中古詩歌史》（江蘇：江蘇教育出版社，1988 年 5 月一刷），頁 474。

〔註4〕 此説乃針對將玄言詩視爲「逆流」、「詩歌的惡性發展」而立論，因爲「一種現象的存在，勢必有存在的理由，而這理由正是歷史必然性的表現。現象是複雜的，往往與你通過歷史經驗總結而得的原則相悖，而你往往便服從原則，因而就誤解了現象，漏掉了去尋求歷史真正動機的機會。此外，原則的確立，總是受一定歷史條件的約束，你不可能跨越時代，超越歷史，所以確立的原則就難免有局限性，而運用原則考察現象的視野也就有局限，難以有開拓。對玄言詩現象的批評，正是這種局限性的結果。」見傅剛：《魏晉南北朝詩歌史論》（吉林：吉林教育出版社，1995 年 12 月一刷），第四章、第一節〈玄言詩存在的歷史合理性〉，頁 153～155。

〔註5〕 在人們的認識活動中，我們總希望能從對象裏抽繹出一些共相，或原理原則，進而透過這些原則，便能更簡易地來把握對象，只是如果當原則與對象之間出現不相符合的狀況，便應該修正原則，而不能反過頭來指責說不該有這樣的現象出現。緣此，任何將玄言詩解

代興，佛道繼起」、「希企隱逸，執志箕山」、「因談餘氣，流成文體」、「文學自覺，自我挺立」等因素，正是從精神條件、思潮氛圍、心理趨向、語言基材、文學發展及自我覺醒等多方面，來嘗試理解提供並營造了有利於玄言詩興起的內外因素。

另外，再軌則「內在研究」的方法論意識，欲以爬梳玄言題材在六朝詩歌中的發展、演變之跡，而思索其自身脈絡的轉折，審視其階段面貌的特色，從而將整個六朝玄言詩的流變圖式，區界為「醞釀」、「發展」、「全盛」、「轉變」、「衰退」等五個時期：

一、「醞釀期」

首先，在玄言詩的「醞釀」階段，本文反省了王瑤、洪順隆、盧明瑜三位先生對於最早玄言詩作的溯源，認為最早的玄言詩作不是王瑤先生所判定的郭璞、洪順隆先生所推論的嵇康、阮籍，也不是盧明瑜先生所追溯的繁欽〈雜詩〉或仲長統的〈見志詩〉，而是東方朔的〈誡子詩〉，然後論述建安時期以阮瑀、曹丕、曹植等人為代表，在詩歌中挾雜玄言題材，以著副調的姿態倡言身處亂世的進退之方，抒吐人生如寄、憂患常多所引發的心理轉折，從而在道家世界觀與人生態度的肯認中來獲得一種勸勉和遣懷的效果。至於玄言詩發展到了正始階段，是為其確立期，正始詩人得力於玄學、清談的盛行，又加以政局的迴迫，故一別於建安詩人「於慷慨悲歌中得到情感滿足」的表現方式，而轉為從「玄思冥想中領悟人生」，是以此一階段的玄言風貌大抵是「玄言」與「憂生之嗟」的交響，特別是嵇康他兼具了玄學家和詩人的雙重身份，不僅在數量上成果較豐，而且在運用與表現上，有承繼、有創發，某種程度地規範了後來的玄言詩作，可說是「兼籠前美，作範來者」，因此，如果類比 [註6] 於鍾記室名陶潛為「隱逸

讀成「逆流」、「惡性發展」等論調的主張，都難有合理性基礎。

〔註6〕 類比：「是同類比較的意思，以二物的類似性作為推論的基礎，甲物已知，乙物未知，因乙物類似甲物，故推論出乙的情況。」參看鄔昆如：《理則學》（臺北：黎明文化事業公司，民國 82 年 10 月初版

詩人之宗」、林文月先生目郭璞爲「遊仙詩人之宗」，那麼「玄言詩人之宗」便該判給嵇康。

二、「發展期」

本期在時間斷限乃概括整個西晉而言，而玄言詩在西晉的發展情狀，一方面是受了江右士風與華美詩風的影響，在精神情調上，逐漸告別了「憂生之嗟」，甚至在縱情、競奢的習尚裏，玄言變成一種贅飾風雅、彌補空虛用以暢達「有生之樂」的資材；另一方面，則在內容上加進了自然景物的描繪，在「窺情風景」的過程中，將玄思以著主體的觀照投射出去，讓萬物轉化成心靈的頻律延伸進來，從而能領略自然之道的無盡蘊藏。並且在「玄」、「詩」的互動關係中，西晉繼承了前期「以玄入詩」的形式，將之更爲純粹地發展成「以詩談玄」，於是有專事談玄說理的篇什出現。

三、「全盛期」

時入東晉，是爲玄言詩的黃金時代。而本文在此期，又分從四個部份來進行，首先是討論過江詩壇，即郭璞在玄言詩史上的定位問題，對於這個問題檀道鸞說「故郭璞五言始會合道家之言而韻之」，然鍾嶸卻持相反意見，認爲景純「用雋上之才，變創其體」改易了永嘉以來的平淡詩風。然而，經由本文對玄言作品的考索，玄言詩自非起自郭璞，而是確立於正始，譬如《文心雕龍·明詩篇》：「正始明道，詩雜仙心」，即是此一意義的表述；至於鍾嶸的「變創」之說，本文也認爲這不是一個對於詩歌發展的歷史意義的描述，而是在「形式」上，郭璞詩歌的「艷逸」，「變創」了永嘉以來平淡質樸的作風；在「內容」上，「變創」了傳統的遊仙詩，加進了玄言與詠懷精神。其次是分析玄言詩的主要代表作家兼「一時文宗」孫綽、許詢，以及庾闡、袁宏、湛方生、王胡之、孫放等人的作品內容和玄言表現。第三是以

蘭亭詩爲主題，談論了他們在蘭亭集會中，對於觀遊山水、感懷人生以及由此鋪展開來的對於生命的深刻反省、對於自然大化的詠嘆、對於山川草木的觀照，進而在此中冥契自然、散懷林丘，作一種「本體的探詢」與精神的神遊。最後，則是說明了佛理題材的加入，檢討了余季豫先生對於「至過江佛理尤盛」一句的考訂和對玄言詩發展的解讀，重新詮解了檀道鸞《續晉陽秋》的一段文字，將當時「援佛入詩，拓宇於三世之辭」的詩歌發展現象，納入到玄言詩發展史的脈絡中來理解，釐清一段關於詩歌演變的文學史問題，並探究了當時社會、文化背景之於促成佛理詩的可能因素，分析了佛理詩的內容與表現樣態等問題。

四、「轉變期」

本期在分期動機上乃著眼於玄言詩的嬗變之跡，以晉、宋之際爲範圍，陶、謝二人爲代表，分由「玄言與田園」、「玄言與山水」兩條線索來加以論述。首先，在「玄言與田園」方面，陶潛是從他追求適性逍遙，嚮往寧靜精神天地，那種《莊》、《老》意味濃厚的生命情調裏，煥發成作品中玄意幽遠的詩境，並且其作品所表現出爲歷代評家所推崇的「情眞、景眞、事眞、意眞」的藝術風格，也可說是他植基於道家「任眞自得」的人格型態向作品的延伸，是借由一種詩歌藝術形式上的美，來呈顯生命情調的「眞」與成就價值圓成上的「善」。至於淵明詩中的「玄言」色彩，則大抵以著兩種形式來表現，一類是在眞實的田園生活中營造出一股祥和、寧靜的氣氛，使人與自然呈現出一種和諧的存在；另一種則是出於對命限、對處世之道的反思，而透過可感的方式來表現。其次，在「山水與玄言」方面，本文嘗試釐清「莊老告退，而山水方滋」的文學史意義，並認爲山水詩的勃興既是緣於客觀的江南風景的「江山之助」，亦有待於山水獨立審美意識的獲得與山水玄思的精神需求。由於「山水以形媚道」，於是詩人便能在主體性分與自然山水所呈顯的理序的互動交融中，「澄懷味象」、

「澄懷觀道」，窺探造化之密、重新發現自己，雖然在大謝的詩中，莊老哲理已退居次位，代之以山水賞美，但是從玄言詩的發展進程來看，康樂山水詩所表現的「記遊→寫景→興情→悟理」的意脈，那種「山水閒適，時遇理趣」的「玄思與審美的二元山水觀」，亦正透露了莊老融入於山水，並由主位漸退於客位的轉變之跡。

五、「衰退期」

　　本期蓋接續大謝之後，而泛指整個南北朝而言。從當時的文學風尚來看，那是一個講究對偶、重視聲律、好用典故、雕琢辭采的崇尚唯美文學的時代，而這樣一個主流的趨向自然與玄言詩的平淡清簡格格不入；其次再從詩體自身的演變來說，所謂「一代有一代之所勝」，玄言詩確實也到了它該盛極而衰的時候，而這個「衰退」的跡象約可由兩方面來談：一是此期的玄言詩作不論在內容意向上或表現手法上，已難能推陳出新，超越前修的籠牢；一是創作的數量已大幅衰減，與其它的題材作品比例漸趨懸殊，而這些現象都在一定程度裏透露著玄言淡退的訊息。至於其實際詩歌面貌，則分由「山水玄思」、「莊老詠懷」、「佛理之詠」等三條主軸來進行觀察。

　　因此，綜括整個六朝玄言詩的歷史進程來看，其發展圖式大致可狀繪為：「濫觴於建安、確立於正始、發展於中朝、鼎盛於江右、轉變於晉宋、衰退於南北朝」。

　　另外，玄言詩作為一種「魏晉知識分子追求獨立理想人格的精神境界的描述」，而這種「詩人心靈的傾吐與表現」，事實上就標誌了那蘊涵於作品之中的作者的情志、價值理想和生命情調，是以本文在「生命是文學的本質」、「文學是生命的反映形式之一」的認知下，探究玄言詩的精神主題，並將之歸納為「憂生之嗟的排遣」、「適性逍遙的追求」、「山水怡情的玄思」、與「仙佛世界的響往」等四個面向。

　　最後，則討論了玄言詩的詩歌美學，分由「審美方式」與「美學意境」來把握玄言詩所展現的審美活動方式及其所蘊涵的美感意境等

問題。在「審美方式」上，主要可分爲：「神與物遊」、「得意忘言」
與「即色游玄」，用一種自由無礙、虛靜玄鑒的態度來呈顯審美主體
與客體之間的交融；在一個具象事物的觀照裏，擺落言荃，悟其神理；
透過現象去認識本體，不離感性而達到理性；至於在「美學意境」上
則「別是一色」的表現出「平淡自然」、「冲虛空靈」、「寧靜閑適」的
美感來。

第二節　玄言詩之價值和影響

　　談玄言詩的價值和影響，約可從文人心理層面和詩歌發展層面來
進行，就文人心理層面言，主要是說玄言詩的創作它發揮了詩歌用功
中淡釋情累的效果；而就詩歌發展層面言，則是玄言詩在中國詩歌的
發展史中，具有開拓詩境、發掘理趣、援佛入詩以及促進後起詩歌的
重要意義。

一、情累的淡釋

　　由於老、莊人生哲學有著對於生命問題的深度反思，透過一種緣
於天地自然理序的理解，來論證人存有者的理想生存之道，追求精神
的自由，化釋心知的定執，蠲棄情識的纏結，期能「上與造物者遊，
而下與外生死無終始者爲友」〔註7〕。因此，作爲以老、莊爲題材，
以體悟玄理爲詩旨的玄言詩，便在這一詩歌創作的「文學過程」中，
起到了以理化情的效果，憑藉著哲理來淡釋生命的情緒，將那世間的
榮辱、利害；際遇的迍邅、迫厄；生命的短暫、易逝，在「齊物」、「外
生死」、「不遣是非」等理智思辨的說服下，取得安頓生命的助力，故
而徵諸實際詩作中，例如「散以玄風，滌以清川」（孫綽〈答許詢詩
九章之三〉）、「亹亹玄思得，濯濯情累除」（許詢〈農里詩〉）、「嘉會

〔註7〕　見《莊子・天下篇》，而成玄英疏此句曰：「乘變化而遨遊，交自然
　　　　而爲友，故能混同生死，冥一始終。」引自〔清〕郭慶藩：《莊子集
　　　　釋》（臺北：木鐸出版社，民國77年元月再版），頁1099～1101。

欣時遊，豁爾暢心神」（王肅之〈蘭亭詩〉）、「散懷山水，蕭然忘羈」
（王徽之〈蘭亭詩〉）、「消散肆情志，酣暢豁滯憂」（王玄之〈蘭亭詩〉）、
「今我欣斯遊，慍情亦暫暢」（桓偉〈蘭亭詩〉）、「疊疊沈情去，彩彩
冲懷鮮」（支道林〈詠懷詩〉）俱是對於情累淡釋的詠歎，而這一表現
方式也形成了玄言詩與情感之間的特殊聯繫，所以錢志熙先生分析
說：從西晉到東晉的文學表現有一個重要的變化，此即

> 由情緒化的文學向境界化的文學的轉化。前者比較單純地
> 表現主體的感情世界，後者則通過主體的精神活動（包括
> 情感及意識的各方面）的表現同時再現出客觀世界。境界
> 化的文學要求表現者具有整體地、有機地把握客觀世界
> （自然界）的能力。這種能力不是來自一般的觀察經驗的
> 累積，而來自於理性的頓悟。換言之，來自於玄學的悟道
> 活動。〔註8〕

再者，此一「情累的淡釋」不僅有其作用於文人心理的意義，將那對
於時間的遷逝之悲、之於時代的迫厄之感，在玄理的追求裏，得着抒
發和淨化；並且此一淡釋的功能，也在詩歌創作的心理方面，隨著「內
心深沉之感蕩的減弱，方才能使外物的描寫從『有我之境』走向『無
我之境』，自然景候才能日益成爲一種獨立的審美對象」，從而開啓了
自然聲色的描寫，同時又因著對外物刻畫的需要，也「必然刺激著對
於語言表現藝術的愈益精緻的講求」，於是「巧言切狀」、鍊字琢句的
匠意經營，便成爲一代藝術風會之所在，中國詩歌的發展也由此進入
一個新階段。〔註9〕

二、詩境的開拓

從形式上看，將哲理內容引入詩歌雖不起自玄言詩，但中國詩歌

〔註8〕 參看錢志熙：《唐前生命觀和文學生命主題》（北京：東方出版社，
　　　　19976 月一刷），第十五章〈從玄言到山水田園：文學的境界化與生
　　　　命情緒的淡釋〉，頁300。

〔註9〕 參看王鍾陵：《中國中古詩歌史》，同註3，頁526。

卻確實是到了玄言詩階段，方才大量地援理入詩，並且又與詠懷、隱
逸、遊仙、田園、山水等題材相融合，從而呈顯了異彩紛呈的多元面
貌，較諸前此縮合「詩」與「理」的篇什，例如韋孟的〈諷諫詩〉（上
冊·頁 105）、韋玄成的〈戒子孫詩〉（上冊·頁 114）、蔡邕的〈酸棗
令劉熊碑詩〉（上冊·頁 194）那種偏重教化、訓戒與勸勉的質木少
文的作品，自然是要高明許多。然則，哲理在詩中所佔的比重及其如
何運用是一個問題？至於引理入詩對於詩歌有何增益，則又屬另一個
問題？專就後者來看，哲理的加入不僅可以恢闊詩的意境、深邃詩的
質感、增大詩的含量，從而擴大並豐富了詩歌的表現力與美感質素，
讓詩境從注重「情」、「景」的二維平面的詩歌美學理論，變成「情」、
「景」、「理」的三維立體模式，也較符任何人都不可能是純粹的理性
或感性，而是兩者複合的實情。

三、理趣的發掘

「理趣」之作為中國詩學的重要概念，雖然至趙宋才得到較為純
熟的表現與較為深入的討論〔註 10〕，然而在詩中抒發對於哲理的感
悟、運用哲理以入於詩的試鍊階段卻是濫觴於玄言詩，這不僅是因為
玄言詩表現玄理，開啓了詩歌與哲理交流的起點，初次的對「理趣」
作發掘；而且是跟作為玄言詩主要基材的《老子》、《莊子》有關，並

〔註 10〕例如崔成宗先生說：「天水一朝，理學昌明，賢士大夫說理論道，蔚成
風氣，其研討學術思想，闡發詩論文論，往往持此主張，且躬蹈其言。
即於花木霜雪、自然萬物，亦輒推觀其理，好為知性之省思。」並且
據崔先生研究，論詩之說理，亦為有宋詩話的主要論題之一，綜觀所
陳，大致表現在幾個方面：「詩當不畔於理」、「詩須以理為主」、「詩宜
精於理義」、「論說理詩」、「論詩之說理」、「有奇趣之詩」、「得天趣之
詩」。參見氏著：《宋代詩話論詩研究——以詩之情性、寫景、詠物、
詠史、敘事、說理為對象》（臺北：東吳大學中國文學研究所博士論文，
民國 83 年 6 月），第六章〈論詩之說理〉，頁 269～342。而杜松柏先
生亦條舉了前人詩論，來說明宋人以議論為詩、涉於理路等問題。見
《禪學與唐宋詩學》（臺北：黎明文化事業股份有限公司，民國 67 年
12 月再版），第二章、第三節〈宋詩之特性及地位〉，頁 143～162。

且影響了整個「理趣」的表現面向和貫串著「理趣」在中國詩史中的
發展線索，所以鍾美玲先生論道：

> 《老子》一書，具有哲學詩的特徵，對後代的哲學詩，也
> 具有深厚的影響，從《老子》經魏晉玄言詩、隋唐釋道詩、
> 宋代道學詩的發展演變，以詩寓理是共有的形式；於自然
> 中悟道瀉情、探索人生哲理，是其詩歌內涵與創作心態；
> 在情、景、意、興中蘊蓄機鋒理趣，是其藝術風格與審美
> 特徵。詩歌常表現玄淡疏朗，自然靈曠，清冷雅逸，理趣
> 婉美，而歷代論詩，也無不貫串著老子自然、虛靜、直觀、
> 純真的藝術精神，而由老子詩美潛孚而來的沖淡高古的審
> 美境界，又是中國古典詩論永恆的本質特徵。宋人理趣詩
> 大體上追求一種簡易閒淡的風格，自然虛靜的直觀體驗
> 等，多少承襲了《老子》上述的藝術精神。而《莊子》一
> 書，其豐富的寓言、神話、比喻與優美的辭藻，不僅可稱
> 之為一部「韻致深醇」的哲理詩，對後世文學的影響更是
> 深遠。〔註11〕

雖然，玄言詩距離「理趣」的圓熟還有些差距，但在淵明詩中那種「發
纖穠於簡古，寄至味於淡泊」（蘇軾〈書黃子思詩集後〉）的情調、在
康樂詩中那種「山水閒適，時遇理趣」（沈德潛《古詩源》）的風格，
無疑地已經取得了成果，而如果說從「淡乎寡味」到「理趣」是一個
不斷嘗試與反省的動態歷程，那麼追溯這個源頭也就必然的要回到玄
言詩的階段來。

此外，玄言詩在六朝詩歌發展的承繼上，還有其重要的「過渡功
用」，誠如林文月先生所說：「（玄言詩）上承正始以來的『明道』之
途，正式成就了六朝詩寫作的一種題材類型；其後又開啟了融匯田
園、山水於哲理，以陶淵明為代表之田園詩，以及以謝靈運為代表之
山水詩。東晉的詩一方面發揚了正始的『明道』；另一方面又擴大了

〔註11〕見鍾美玲：《北宋四大家理趣詩研究》（臺北：文津出版社，民國85
年7月初版一刷），頁16～17。

『仙心』，遂令曹氏父子以來一改民歌樸素面貌之遊仙詩愈形華麗絢爛，至郭璞筆下，而終於呈現『艷逸』的風格。」〔註12〕並且，玄言詩亦爲引佛理入詩的初始階段，衍至後世乃有中國佛教與詩歌的多元交融，擴展了中國詩學的批評理論和實際創作。可見，玄言之於六朝詩中遊仙、田園、山水、佛理等題材，皆有其在促成詩歌進程上的重要意義。

　　總此來看，任何一種文學的發展脈絡都是一個有機的聯繫，也都有其內部的制約與規律，而如果試圖抽離出其中某一段，或遺漏其中其中某一段，都將導致理解上的失真。所以當我們要重新來整理玄言詩作，要重新來釐清六朝詩歌的歷史面貌時，便需要一種植基於實際作品的還原研究，甚至需要一種「同情的理解」，就像傅剛先生所說的：「我們一般地只看到（詩歌的）玄理化現象，而往往不理解其本質原因，又由於缺乏當時人的感受，也就不會爲之激動。……歷史太複雜，一些原因、結論並不在材料的簡單顯示中，往往要通過材料綜合的歷史感覺去獲得。因此，歷史研究（尤其是文學史研究）既需要客觀、冷靜的態度，又需要研究者的激情，用我們的心去感受歷史。」〔註13〕而玄言詩在沈寂了千年之後，現在應該是到了要給予「雙向評價」的時候了。

第三節　本論題的可發展性

　　陳世驤先生於〈中國的抒情傳統〉〔註14〕一文中，曾從比較文學及宏觀的文學史考察出發，指出「中國文學的榮耀在抒情傳統裏」、「中國的文學的道統是一種抒情的道統」，陳先生的說法確實指出了

〔註12〕參看林文月：〈關於文學史上的指稱與斷代——以六朝爲例〉一文，收於《語文、性情、義理——中國文學的多層面探討國際學術會議論文集》（1996 年 4 月），頁 15。
〔註13〕同註 4，頁 177～178。
〔註14〕參看陳世驤：《陳世驤文存》（臺北：志文出版社，民國 61 年 7 月初版），頁 31～37。

中國文學的主要特質之所在，只是陳先生的說法如果允許我們作以下的理解——這個「抒情的傳統」只是主要特徵的表述，而不是全稱的判斷，那麼在這個主流的「抒情傳統」之外，就應當還有其它不同於主流的特質存在，而「說理」就是其中的一項。特別是專就詩歌來看，以詩說理、以詩議論，由魏晉而下逮唐宋、下逮明清，皆可徵得文本上的證據，若能釐清「理」與「詩」在詩歌史上的發展情狀，標誌其表現樣態與美感效果，那麼便可樹立相對於「抒情傳統」的另一傳統的理論命題，可以更開放而且多面向地來觀察中國詩歌，以期能有更好的把握，從而作爲本論題之發展性的意義也根源於此。

附錄：六朝玄言詩之作者、
詩題、出處一覽表

【凡例】

　　凡表中作者之年代先後、詩題名稱與所標冊數、頁數，除另有說明外，悉以逯欽立《先秦漢魏晉南北朝詩》一書爲據。

　　凡詩作爲本文所引用者，則於表格最末一欄加「◎」以爲標記。

【漢詩】

作　　者	題　　名	出　　處	引用
東方朔	〈誡子〉	引自《藝文類聚》	◎
高義方	〈清誡〉	引自《藝文類聚》	◎
仲長統	〈見志詩二首〉	上冊二〇四	◎
琴曲歌辭	〈引聲歌〉	上冊三一四	

【魏詩】

作　　者	題　　名	出　　處	引用
阮瑀	〈詩〉（四皓隱南岳……） 〈遠戍勸戒詩〉	上冊三八一 上冊三八四	◎

繁欽	〈雜詩〉	上冊三八七	◎
曹丕	〈善哉行〉	上冊三九三	◎
曹植	〈惟漢行〉	上冊四二二	◎
	〈桂之樹〉	上冊四三七	◎
	〈苦思行〉	上冊四三八	◎
	〈長歌行〉	上冊四四一	◎
	〈矯志詩〉	上冊四四八	
	〈四言詩〉	上冊四一六	
何晏	〈言志詩二首〉	上冊四六八	◎
阮侃	〈答嵇康詩二首〉	上冊四七七	
嵇康	〈代秋胡歌詩七章〉	上冊四七九	
	〈幽憤詩〉	上冊四八〇	◎
嵇康	〈四言贈兄秀才入軍詩十八章之十四〉	上冊四八二	◎
	〈四言贈兄秀才入軍詩十八章之十七〉	上冊四八二	◎
	〈四言贈兄秀才入軍詩十八章之十八〉	上冊四八二	◎
	〈四言詩十一首之十一〉	上冊四八四	◎
	〈五言贈秀才詩〉	上冊四八五	◎
	〈答二郭詩三首〉	上冊四八六	◎
	〈與阮德如詩〉	上冊四八七	◎
	〈遊仙詩〉	上冊四八八	◎
	〈述志詩二首〉	上冊四八八	
	〈五言詩三首〉	上冊四八九	◎
	〈六言詩〉	上冊四九〇	
	〈琴歌〉	上冊四九一	
阮籍	〈詠懷詩十三首之八〉	上冊四九五	
	〈詠懷詩十三首之九〉	上冊四九五	◎
	〈詠懷詩十三首之十〉	上冊四九五	
	〈詠懷詩十三首之十三〉	上冊四九五	◎
	〈詠懷詩十三首之十一〉	上冊四九五	◎
	〈詠懷詩八十二首之五十三〉	上冊五〇六	◎

	〈詠懷詩八十二首之七十三〉	上冊五〇九	
	〈詠懷詩八十二首之七十四〉	上冊五〇九	◎
	〈詠懷詩八十二首之七十五〉	上冊五一〇	◎
	〈詠懷詩八十二首之七十六〉	上冊五一〇	
	〈詠懷詩八十二首之七十七〉	上冊五一〇	◎
	〈采薪者歌〉	上冊五一一	

【西晉詩】

作　　者	題　　名	出　　處	引用
嵇喜	〈答嵇康詩四首之一〉	上冊五五〇	◎
	〈答嵇康詩四首之二〉	上冊五五〇	◎
	〈答嵇康詩四首之三〉	上冊五五〇	◎
傅玄	〈天行篇〉	上冊五六〇	◎
	〈兩儀詩〉	上冊五七四	◎
應貞	〈晉武帝華林園集詩〉	上冊五八〇	
成公綏	〈中宮詩二首之一〉	上冊五八四	
王濟	〈平吳後三月三日華林園詩〉	上冊五九七	
孫楚	〈征西官屬送於陟陽侯作詩〉	上冊五九九	◎
董京	〈詩二首〉	上冊六〇〇	
	〈答孫楚詩〉	上冊六〇一	
傅咸	〈周易詩〉	上冊六〇四	◎
	〈與尚書同僚詩〉	上冊六〇五	◎
張華	〈遊仙詩四首之一〉	上冊六二一	
	〈贈摯仲治詩〉	上冊六二一	◎
	〈詩〉（混沌無形氣……）	上冊六二二	◎
	〈詩〉（乘馬佚於野……）	上冊六二三	◎
石崇	〈答曹嘉詩〉	上冊六四四	
	〈答棗典詩〉	上冊六四五	◎
歐陽建	〈答石崇贈詩〉	上冊六四六	
何劭	〈贈張華詩〉	上冊六四八	◎
	〈遊仙詩〉	上冊六四九	◎

陸機	〈贈潘尼詩〉	上冊六七七	◎
	〈詩〉（澄神玄漠流……）	上冊六九三	
顧秘	〈答陸機詩〉	上冊六九四	
陸雲	〈大將軍宴會被命作詩六章之一、五〉	上冊六九七	
	〈答孫顯世詩十章之一、二〉	上冊七十三	
	〈失題八章之一、二、八〉	上冊七一四	
孫拯	〈贈陸士龍詩十章之九〉	上冊七二三	◎
嵇紹	〈贈石季倫詩〉	上冊七二五	
牽秀	〈四言詩〉	上冊七二七	◎
阮脩	〈上巳會詩〉	上冊七二九	
張翰	〈贈張弋陽詩七章〉	上冊七三六	◎
張載	〈贈司⑥傅咸詩五章之三〉	上冊七三八	◎
張協	〈雜詩十首之三〉	上冊七四五	◎
	〈雜詩十首之五〉	上冊七四五	
	〈雜詩十首之九〉	上冊七四五	
曹攄	〈贈王弘遠詩三章之一〉	上冊七五二	◎
	〈答趙景猷詩〉	上冊七五四	◎
	〈答趙景猷詩九章之九〉	上冊七五五	◎
潘尼	〈送大將軍掾盧晏詩〉	上冊七七〇	◎
棗典	〈答石崇詩〉	上冊七七一	
棗嵩	〈贈杜方叔詩十章之七〉	上冊七七三	◎

【東晉詩】

作　者	題　　名	出　　處	引用
劉琨	〈答盧諶詩八章之二〉	中冊八五〇	◎
郭璞	〈遊仙詩十九首之一、之八〉	中冊八六五	◎
溫嶠	〈迴文虛言詩〉	中冊八七一	
庾闡	〈觀石鼓詩〉	中冊八七三	◎
	〈三月三日詩〉	中冊八七三	◎

	〈衡山詩〉	中冊八七四	◎
	〈遊仙詩十首之六、之七〉	中冊八七五	
江逌	〈詩〉	中冊八七九	◎
盧諶	〈贈劉琨詩二十章之十八、十九〉	中冊八八○	◎
	〈時興詩〉	中冊八八四	◎
王胡之	〈贈庾翼詩八章之四、五、七〉	中冊八八五	◎
	〈答謝安詩之三、四、五、八〉	中冊八八六	
郗超	〈答傅郎詩六章之一、六〉	中冊八八七	◎
張翼	〈詠懷詩三首〉	中冊八九一	◎
	〈贈沙門竺法頵三首〉	中冊八九二	◎
	〈答庾僧淵詩〉	中冊八九三	◎
許詢	〈竹扇詩〉	中冊八九四	◎
	〈農里詩〉	中冊八九四	◎
許詢	〈詩〉（青松凝素髓……）	中冊八九四	◎
王羲之	〈蘭亭詩〉	中冊八九五	◎
	〈答許詢詩〉	中冊八九六	
孫綽	〈贈溫嶠詩五章之一、二、五〉	中冊八九七	◎
	〈答許詢詩九章之三、四、九〉	中冊八九九	◎
	〈贈謝安詩〉	中冊九○○	◎
	〈蘭亭詩二首〉	中冊九○一	◎
	〈三月三日詩〉	中冊九○一	◎
	〈秋日詩〉	中冊九○一	◎
	〈詩〉（迢迢雲端月……）	中冊九○二	
	〈詩〉（野馬閑於羈……）	中冊九○二	◎
孫放	〈詠莊子詩〉	中冊九○三	◎
	〈數詩〉	中冊九○三	
謝安	〈與王胡之詩六章〉	中冊九○五	
	〈蘭亭詩二首之二〉	中冊九○六	◎
謝萬	〈蘭亭詩二首之一〉	中冊九○六	◎
孫統	〈蘭亭詩二首之一〉	中冊九○七	◎
孫嗣	〈蘭亭詩首〉	中冊九○八	◎

庾友	〈蘭亭詩〉	中冊九〇八	◎
庾蘊	〈蘭亭詩〉	中冊九〇九	◎
曹茂之	〈蘭亭詩〉	中冊九〇九	◎
桓偉	〈蘭亭詩〉	中冊九一〇	◎
袁嶠之	〈蘭亭詩二首〉	中冊九一〇	◎
王玄之	〈蘭亭詩〉	中冊九一一	◎
王凝之	〈蘭亭言詩二首〉	中冊九一二	◎
謝道蘊	〈泰山吟〉	中冊九一二	◎
王肅之	〈蘭亭詩二首〉	中冊九一三	◎
王徽之	〈蘭亭詩二首〉	中冊九一四	◎
王渙之	〈蘭亭詩〉	中冊九一四	◎
王彬之	〈蘭亭詩二首之二〉	中冊九一四	◎
王蘊之	〈蘭亭詩〉	中冊九一五	◎
王豐之	〈蘭亭詩〉	中冊九一五	
魏滂	〈蘭亭詩〉	中冊九一五	◎
虞說	〈蘭亭詩〉	中冊九一六	◎
謝繹	〈蘭亭詩〉	中冊九一六	◎
曹華	〈蘭亭詩〉	中冊九一七	
袁宏	〈從征行方頭山詩〉	中冊九二〇	◎
符朗	〈擬關龍逢行歌〉	中冊九三一	
	〈臨終詩〉	中冊九三二	◎
殷仲文	〈南州桓公九井作詩〉	中冊九三三	◎
謝混	〈遊西池詩〉	中冊九三四	◎
劉程之	〈奉和慧遠遊廬山詩〉	中冊九三七	◎
王喬之	〈奉和慧遠遊廬山詩〉	中冊九三八	◎
張野	〈奉和慧遠遊廬山詩〉	中冊九三八	◎
王齊之	〈念佛三昧詩四首〉	中冊九三九	◎
湛方生	〈廬山神仙詩〉	中冊九四三	
	〈帆入南湖詩〉	中冊九四四	◎
	〈諸人共講老子詩〉	中冊九四四	
	〈還都帆詩〉	中冊九四四	
	〈秋夜詩〉	中冊九四六	◎
陸沖	〈雜詩二首之二〉	中冊九四八	◎

王康琚	〈反招隱詩〉	中冊九五三	◎
陶淵明	〈勸農詩六章〉	中冊九六九	
	〈五月旦作和戴主簿〉	中冊九七七	◎
	〈形影神詩三首〉	中冊九八九	◎
	〈歸園田居詩五首之一、四〉	中冊九九一	◎
	〈連雨獨飲〉	中冊九九三	◎
	〈癸卯歲始春懷古田舍二首〉	中冊九九四	◎
	〈還舊居詩〉	中冊九九五	
	〈飲酒詩二十首之五、七、十一〉	中冊九九八	◎
康僧淵	〈代答張君祖詩〉	中冊一〇七五	◎
	〈又答張君祖詩〉	中冊一〇七六	◎
支遁	〈四月八日讚佛詩〉	中冊一〇七七	
	〈詠八日詩三首之一〉	中冊一〇七八	◎
	〈五月長齋詩〉	中冊一〇七八	
	〈八關齋詩三首〉	中冊一〇七九	◎
	〈詠懷詩五首之一、二〉	中冊一〇八〇	◎
	〈述懷詩二首之二〉	中冊一〇八二	◎
	〈詠大德詩〉	中冊一〇八二	
鳩羅摩什	〈十喻詩〉	中冊一〇八四	◎
釋慧遠	〈廬山東林雜詩〉	中冊一〇八五	◎
廬山諸道人	〈遊石門詩并序〉	中冊一〇八五	◎
史宗	〈詠懷詩〉	中冊一〇八七	
廬山諸沙彌	〈觀化決疑詩〉	中冊一〇八七	◎
楊羲	〈紫微夫人授詩〉	中冊一〇九七	
	〈雲林與眾眞吟詩十〉	中冊一〇九八	
	〈中候王夫人詩三首〉	中冊一一〇〇	
	〈六月二十三日夜中候夫人作〉	中冊一一〇〇	
	〈七月二十六日夕紫微夫人喻作令與許長史〉	中冊一一〇二	
	〈辛玄子贈詩三首〉	中冊一一一九	
許穆	〈詩〉	中冊一一二二	
許翽	〈郭四朝叩船歌四首〉	中冊一一二三	

【宋詩】

作　者	題　名	出　處	引用
孔欣	〈相逢狹路間〉	中冊一一三四	
謝晦	〈悲人道〉	中冊一一四○	
謝靈運	〈隴西行〉	中冊一一四八	
	〈述祖德詩二首〉	中冊一一五七	◎
	〈從遊京口北固應詔詩〉	中冊一一五八	
	〈登永嘉綠嶂山詩〉	中冊一一六二	◎
	〈遊赤石進帆海詩〉	中冊一一六二	
	〈登江中孤嶼詩〉	中冊一一六二	◎
	〈登石室飯僧詩〉	中冊一一六四	
	〈石壁立招提精舍詩〉	中冊一一六五	
	〈石壁精舍還湖中作詩〉	中冊一一六五	◎
	〈登石門最高頂詩〉	中冊一一六五	◎
	〈從斤竹澗越嶺溪行詩〉	中冊一一六六	◎
	〈過白岸亭詩〉	中冊一一六七	◎
	〈齋中讀書〉	中冊一一六八	
	〈還舊園作見顏范二中書詩〉	中冊一一七四	◎
謝惠蓮	〈隴西行〉	中冊一一八八	◎
劉駿	〈初秋詩〉	中冊一二二二	◎
顏延之	〈皇太子釋奠會作詩九章〉	中冊一二二六	
	〈五君詠五首〉	中冊一二三五	
謝莊	〈八月侍華林曜靈殿八關齋詩〉	中冊一二五三	

【齊詩】

作　者	題　名	出　處	引用
蕭道成	〈塞客吟〉	中冊一三七五	
顏歡	〈臨終詩〉	中冊一三八一	◎

【梁詩】

作　者	題　　名	出　　處	引用
蕭衍	〈遊鍾山大愛敬寺詩〉	中冊一五三一	◎
	〈會三教詩〉	中冊一五三一	◎
	〈十喻詩五首之三〉	中冊一五三三	
	〈十喻詩五首之四〉	中冊一五三三	
范雲	〈答句曲陶先生詩〉	中冊一五四五	
江淹	〈雜體詩三十首之嵇中散康言志〉	中冊一五七二	
	〈雜體詩三十首之郭弘農璞遊仙〉	中冊一五七五	
	〈雜體詩三十首之孫廷尉綽雜述〉	中冊一五七六	◎
	〈雜體詩三十首之許徵君詢自敘〉	中冊一五七六	◎
	〈雜體詩三十首之殷東陽仲文興矚〉	中冊一五七六	
	〈雜體詩三十首之謝僕射混遊覽〉	中冊一五七七	
	〈效阮公詩十五首〉	中冊一五八一	
任昉	〈答劉居士詩〉	中冊一五九五	
沈約	〈遊沈道士館詩〉	中冊一六三七	
何遜	〈登石頭城詩〉	中冊一六八一	◎
	〈酬范記室雲詩〉	中冊一六八二	
王僧孺	〈秋日愁居答孔主簿詩〉	中冊一七六三	
到洽	〈贈任昉詩八章之七、八〉	中冊一七八六	
蕭統	〈同泰僧正講詩并序〉	中冊一七九六	
	〈鍾山解講詩〉	中冊一七九七	
	〈東齋聽講詩〉	中冊一七九八	◎
	〈講席將畢賦三十韻詩依次用〉	中冊一七九八	
朱异	〈田飲引〉	下冊一八六〇	
蕭綱	〈往虎窟山寺詩〉	下冊一九三四	◎
	〈十空詩六首〉	下冊一九三七	
	〈聽早蟬詩〉	下冊一九六一	
庾肩吾	〈賦得嵇叔夜詩〉	下冊一九八八	
王筠之	〈觀海詩〉	下冊二〇一八	
劉孝先	〈和亡各法師秋夜草堂寺禪房月下詩〉	下冊二〇六五	◎
釋智藏	〈奉和武帝三教詩〉	下冊二一八九	

【陳詩】

作　者	題　名	出　處	引用
江總	〈遊攝山棲霞寺詩并序〉	下冊二五八四	
	〈營涅槃懺還塗作詩并序〉	下冊二五八五	
何處士	〈通士人篇〉	下冊二六〇〇	
釋智愷	〈臨終詩〉	下冊二六二五	

【北魏】

作　者	題　名	出　處	引用
宗欽	〈贈高允詩十二章〉	下冊二一九八	
高允	〈詠貞婦彭城劉氏詩八章〉	下冊二二〇三	
李謐	〈神士賦歌〉	下冊二二〇六	◎
鄭道昭	〈於萊城東十里與諸門徒登青陽嶺太基山上四面及中嶺掃石置仙壇詩〉	下冊二二〇六	
北魏孝明帝元詡	〈幸華林園宴群臣於都亭曲水賦七言詩〉	下冊二二〇九	
常景	〈讚四君詩四首〉	下冊二二一八	
溫子昇	〈春日臨池詩〉	下冊二二二二	◎

【北齊】

作　者	題　名	出　處	引用
蕭愨	〈奉和悲秋應令詩〉	下冊二二七六	
	〈聽琴詩〉	下冊二二七九	◎
庾信	〈擬詠懷詩二十七首之十七〉	下冊二三六九	
	〈同顏大夫初晴詩〉	下冊二三八〇	◎

參考書目

壹、專書類

一、古代典籍

甲、經部之屬

1. 周易正義，〔魏〕王弼、韓康伯注，〔唐〕孔穎達等正義，臺北，藍燈書局影印清嘉慶二十年江西南昌學府刊刻十三經注疏本。
2. 毛詩正義，〔漢〕毛公傳、鄭玄箋，〔唐〕孔穎達等正義，臺北，藍燈書局影印清嘉慶二十年江西南昌學府刊刻十三經注疏本。
3. 周禮正義，〔漢〕鄭玄注，〔唐〕孔穎達等正義，臺北，藍燈書局影印清嘉慶二十年江西南昌學府刊刻十三經注疏本。
4. 禮記正義，〔漢〕鄭玄注，〔唐〕孔穎達等正義，臺北，藍燈書局影印清嘉慶二十年江西南昌學府刊刻十三經注疏本。
5. 論語注疏，〔魏〕何晏等注，〔宋〕邢昺疏，臺北，藍燈書局影印清嘉慶二十年江西南昌學府刊刻十三經注疏本。
6. 孟子注疏，〔漢〕趙岐注，題〔宋〕孫奭疏，臺北，藍燈書局影印清嘉慶二十年江西南昌學府刊刻十三經注疏本。
7. 禮記集解，〔清〕孫希旦，臺北，文史哲出版社，1990 年 8 月文一版。

乙、史部之屬

1. 史記會注考證，〔日〕瀧川龜太郎，臺北，洪氏出版社，1986 年 9

月。

2. 漢書，〔漢〕班固撰，臺北，鼎文書局，1987 年 1 月五版。

3. 漢書補注，〔清〕王先謙撰，臺北，藝文印書館影印光緒二十六年長沙王氏虛受堂刊本。

4. 漢書藝文志，〔漢〕班固撰，〔唐〕顏師古注，臺北，華聯出版社，1973 年 5 月。

5. 後漢書，〔宋〕范曄撰，臺北，鼎文書局，1987 年 1 月五版。

6. 三國志，〔晉〕陳壽撰，臺北，鼎文書局，1987 年 1 月五版。

7. 晉書，〔唐〕房玄齡等撰，臺北，鼎文書局，1987 年 1 月五版。

8. 宋書，〔梁〕沈約撰，臺北，鼎文書局，1987 年 1 月五版。

9. 南齊書，〔梁〕蕭子顯撰，臺北，鼎文書局，1987 年 1 月五版。

10. 梁書，〔唐〕姚思廉撰，臺北，鼎文書局，1987 年 1 月五版。

11. 陳書，〔唐〕姚思廉撰，臺北，鼎文書局，1987 年 1 月五版。

12. 魏書，〔北齊〕魏收撰，臺北，鼎文書局，1987 年 1 月五版。

13. 北齊書，〔唐〕李百藥撰，臺北，鼎文書局，1987 年 1 月五版。

14. 周書，〔唐〕令狐德棻等撰，臺北，鼎文書局，1987 年 1 月五版。

15. 隋書，〔唐〕魏徵等撰，臺北，鼎文書局，1987 年 1 月五版。

16. 南史，〔唐〕李延壽撰，臺北，鼎文書局，1985 年 3 月四版。

17. 北史，〔唐〕李延壽撰，臺北，鼎文書局，1985 年 3 月四版。

18. 資治通鑑，〔宋〕司馬光撰，臺北，天工書局，1988 年 9 月。

19. 列女傳，〔漢〕劉向撰，臺北，廣文書局，1979 年 5 月初版。

20. 六朝事迹類編（《百部叢書集成》第九部《古今逸史》本），〔宋〕張敦頤，臺北，藝文印書館，1968 年。

21. 二十二史箚記，〔清〕趙翼撰，臺北，仁愛書局，1984 年 9 月。

22. 文史通義校注，〔清〕章學誠著，葉瑛校注，臺北，里仁書局，1984 年 9 月十日。

丙、子部之屬

1. 荀子集解，〔清〕王先謙撰，臺北，藝文印書館，1988 年 6 月五版。

2. 莊子內篇憨山註，〔明〕德清憨山，臺北，琉璃經房，1982 年。

3. 莊子集解，〔清〕王先謙撰，臺北，木鐸出版社，1988 年。

4. 莊子集釋，〔清〕郭慶藩撰，臺北，木鐸出版社，1988 年 1 月再版。

5. 風俗通義校注，〔漢〕應劭撰，王利器注，臺北，漢京文化事業有

　　限公司，1983 年 9 月 12 日初版。

6. 顏氏家訓注，〔北齊〕顏之推撰，〔清〕趙義明註，〔清〕盧文弨校補，臺北，漢京文化事業公司 1981 年 4 月 20 日。

7. 日知錄，〔清〕顧炎武撰，臺灣，明倫書局影印舊題何義門批校精抄本，1979 年。

8. 弘明集，〔梁〕僧祐撰，臺北，新文豐出版公司，1983 年 3 月再版。

9. 廣弘明集，〔唐〕道宣編纂，鞏本棟釋譯，高雄，佛光文化事業有限公司，1998 年 2 月。

丁、集部之屬

1. 楚辭補注，〔宋〕洪興祖撰，臺北，長安出版社，1987 年 9 月。

2. 山帶閣註楚辭，〔清〕蔣驥撰，臺北，長安出版社，1987 年 9 月。

3. 文選，〔唐〕李善注，臺北，藝文印書館影印宋淳熙本重雕鄱陽胡氏藏版，1991 年 12 月十二版。

4. 藝文類聚，〔唐〕歐陽詢撰，汪紹楹校，香港，香港中華書局，1973 年 2 月版。

5. 漢魏六朝百三名家集，〔明〕張溥輯，臺北，文津出版社，1979 年 8 月。

6. 六朝詩集，〔明〕薛應旂輯，臺北，廣文書局影印明嘉靖毗陵陳奎刊本，1972 年 4 月。

7. 漢魏六朝百三名家集題辭注，〔明〕張溥題辭・殷孟倫輯注，臺北木鐸出版社，1982 年 5 月。

8. 古詩紀，〔明〕馮惟訥編，臺北，商務印書館影印故宮藏本，1983 年。

9. 八代詩選，〔清〕王闓運，臺北，廣文書局，1970 年 10 月。

10. 古詩選，〔清〕王士禎，臺北，廣文書局，1962 年 8 月。

11. 樂府正義，〔清〕朱乾撰，日本，京都大學，昭和五十五年 12 月 10 日初版影印清乾隆五十四年朱氏秬香堂刊本。

12. 全上古三代秦漢三國六朝文，〔清〕嚴可均輯，臺北，世界書局，1961 年 3 月。

13. 文賦集釋，〔晉〕陸機撰，張少康集釋，臺北，漢京文化事業有限公司，1987 年 20 日一刷。

14. 滄浪詩話，〔唐〕嚴羽著，臺北，河洛圖書出版社，1979 年 12 月 1 日再版。

15. 詩源辨體，〔明〕許學夷著・杜維沫校點，北京，人民文學出版社，1987 年 10 月。

16. 古詩評選，〔清〕王夫之撰・張國星校點，北京，文化藝術出版社，1997 年 3 月。

17. 清詩話，〔清〕王夫之等撰，丁福保編，臺北，木鐸出版社，1988 年 9 月。

18. 帶經堂詩話，〔清〕王漁洋撰，臺北，清流出版社，1996 年 10 月 10 日。

19. 隨園詩話，〔清〕袁枚撰，臺北，漢京文化事業公司，1984 年 2 月 25 日。

20. 古詩源箋注，〔清〕沈德潛撰・王蒓父箋註，臺北，華正書局，1984 年 9 月。

21. 藝概，〔清〕劉熙載撰，臺北，華正書局，1988 年 9 月。

二、現代專著

1. 國史大綱，錢穆撰，臺北，臺灣商務印書館，1990 年 3 月修訂十七版。

2. 中華通史（三），陳致平撰，臺北，黎明文化事業公司，1988 年 2 月修訂一版。

3. 中國文化史，柳詒徵撰，臺北，正中書局，1978 年 4 月十二版。

4. 中華文化史，馮天瑜、何曉明、周積明等著，臺北，桂冠圖書公司，1993 年 5 月。

5. 中國佛教史，任繼愈主編，北京，中國社會科學出版社，1988 年 4 月一刷。

6. 魏晉南北朝文化史，萬繩南撰，臺北，雲龍出版社，1995 年 6 月。

7. 魏晉南北朝史，勞榦撰，臺北，華岡書局，1980 年 8 月新一版。

8. 魏晉南北朝史，王仲犖撰，上海，人民出版社，1990 年 3 月。

9. 魏晉南北朝史，林瑞翰撰，臺北，五南圖書公司，1990 年 5 月。

10. 魏晉南北朝史，張儐生撰，臺北，幼獅文化事業公司，1987 年 10 月再版。

11. 漢晉學術編年，劉儒霖撰，臺北，長安出版社，1979 年。

12. 兩晉南北朝士族政治之研究，毛漢光，中國學術著作獎助委員會，1966 年。

13. 漢魏兩晉南北朝佛教史，湯用彤撰，臺北，臺灣商務印書館，1962

年。

14. 國學概論，錢穆撰，臺北，臺灣商務印書館，1987 年 10 月臺十四版。

15. 帛書老子校注析，黃釗撰，臺北，臺灣學生書局，1991 年 10 月。

16. 老子正詁，高亨撰，臺灣，開明書店，1987 年 10 月臺五版。

17. 老子校詁，蔣錫昌撰，臺北，東昇出版公司，1980 年 4 月。

18. 老子校釋，朱謙之撰，臺北，里仁書局，1986 年 1 月。

19. 老子‧周易王弼注校釋，樓宇烈撰，臺北，華正書局，1983 年 9 月。

20. 老子註譯及其評介，陳鼓應撰，北京，中華書局，1994 年 8 月北京第五次印刷。

21. 新譯老子讀本，余培林撰，臺北，三民書局，1987 年 2 月六版。

22. 老子探義，王淮撰，臺北，臺灣商務印書館，1990 年 12 月九版。

23. 老子釋義，黃登山撰，臺灣，學生書局，1991 年 4 月初版二刷。

24. 老子的哲學，王邦雄，臺北，東大圖書公司，1991 年 4 月七版。

25. 反者道之動，杜保瑞，臺北，鴻泰圖書公司，1995 年 7 月。

26. 老子哲學的詮釋與重建，袁保新，臺北，文津出版社，1991 年 9 月。

27. 莊子今註今譯，陳鼓應撰，臺北，臺灣商務印書館，1975 年。

28. 莊子集解內篇補正，劉武撰，臺北，木鐸出版社，1988 年。

29. 莊子校釋，王叔岷撰，臺北，國風出版社，1972 年。

30. 莊子新釋，張默生撰，臺北，洪氏出版社，1984 年 10 月六版。

31. 新譯莊子讀本，黃錦鋐撰，臺北，三民書局，1983 年 9 月四版。

32. 莊學新探，陳品卿撰，臺北，文史哲出版社，1991 年 10 月增訂再版二刷。

33. 莊周夢蝶，杜保瑞，臺北，書泉出版社，1995 年 2 月。

34. 莊子內七篇思想研究，高柏園撰，臺北，文津出版社，1992 年 4 月。

35. 莊子的生命哲學，葉海煙撰，臺北，東大圖書公司，1993 年 10 月再版。

36. 莊子哲學及其演變，劉笑敢撰，北京，中國社會科學出版社，1993 年 3 月。

37. 逍遙的莊子，吳怡撰，臺北，東大圖書公司，1986 年再版。

38. 莊子藝術精神析論，顏崑陽撰，臺北，華正書局，1985 年。

39. 莊子思想之美學意義，董小蕙撰，臺北，臺灣學生書局，1993 年 10 月。

40. 列子集釋，楊伯峻撰，北京，北京中華書局，1996 年 2 月四刷。

41. 莊老通辨，錢穆撰，臺北，東大圖書公司，1991 年 12 月。

42. 道家思想——老莊大義，程兆熊撰，臺北，明文書局，1985 年。

43. 老莊新論，陳鼓應撰，臺北，五南圖書公司，1993 年 3 月。

44. 易經白話例解，朱高正撰，臺北，臺灣商務印書館，1996 年 1 月初版四刷。

45. 周易大傳新注，徐志銳撰，山東，齊魯書主，1988 年 3 月三刷。

46. 禪與老莊，吳怡撰，臺北，三民書局，1992 年 11 月八版。

47. 中國哲學史，馮友蘭撰，香港，文蘭圖書公司，1967 年 4 月。

48. 中國哲學史新編（第四冊），馮友蘭撰，臺北，藍燈文化事業股份有限公司，1991 年 12 月。

49. 中國哲學之精神及其發展（上），方東美撰，臺北，成均出版社，1984 年 4 月再版。

50. 中國哲學原論，唐君毅撰，臺北，臺灣學生書局，1988 年 8 月全集校訂版。

51. 中國人性論史（先秦篇），徐復觀撰，臺北，臺灣商務印書館，1990 年 12 月十版。

52. 中國哲學的特質，牟宗三撰，臺北，臺灣學生書局，1990 年 10 月再版七刷。

53. 中國哲學十九講，牟宗三撰，臺北，臺灣學生書局，1993 年 8 月第五次印刷。

54. 新編中國哲學史，勞思光撰，臺北，三民書局，1991 年 1 月增訂六版。

55. 中國歷代思想史（魏晉南北朝隋唐卷），辛旗撰，臺北，文津出版社，1993 年 12 月初版一刷。

56. 中國哲學發展史（魏晉南北朝）任繼愈主編，北京，人民出版社，1988 年 4 月。

57. 中國哲學史，王邦雄等撰，臺北，國立空中大學，1998 年 1 月初版二刷。

58. 中國哲學史，劉貴傑撰，中壢，圓光出版社，1994 年 3 月。

59. 中國哲學大綱，張岱年，臺北，藍燈文化事業公司，1992 年 4 月。

60. 中國學術思想史，鄺士元撰，臺北，里仁書局，1992 年 1 月 1 日。

61. 中國古代哲學問題發展史，方立天撰，北京，中華書局，1992 年 12 月第二次印刷。

62. 中國佛教哲學簡史，嚴北溟撰，臺北，木鐸出版社，1988 年 9 月。

63. 中國哲學論集，王邦雄撰，臺灣，學生書局，1983 年 8 月。

64. 中國哲學的方法論問題，馮耀明撰，臺北，允晨文化公司，1989 年 9 月。

65. 中國人的心靈——中國哲學與文化要義，方東美等撰，臺北，聯經出版社，1987 年 1 月第三次印行。

66. 原始儒家道家哲學，方東美撰，臺北，黎明文化公司，1985 年 11 月再版。

67. 儒道天論發微，傅佩榮撰，臺灣，學生書局，1988 年 8 月第二次印刷。

68. 兩漢魏晉之道家思想，陶建國撰，臺北，文津出版社，1990 年 3 月。

69. 魏晉思想史，許抗生撰，臺北，桂冠圖書公司，1992 年 12 月。

70. 才性與玄理，牟宗三撰，臺灣，學生書局，1989 年 10 月修訂八版。

71. 魏晉清談，唐翼明撰，臺北，東大圖書公司，1992 年 10 月。

72. 魏晉玄談，孔繁撰，遼寧，遼寧教育出版社，1995 年 6 月三刷。

73. 魏晉清玄，李春青撰，臺北，雲龍出版社，1995 年 12 月。

74. 玄學・文化・佛學，湯用彤撰，臺北，育民出版社，1980 年 1 月。

75. 理學・佛學・玄學，湯用彤撰，臺北，淑馨出版社，1992 年 1 月。

76. 郭象與魏晉玄學，湯一介，臺北，谷風出版社，1987 年 3 月。

77. 魏晉思想（甲編五種），賀昌群等撰，臺北，里仁出版社，1984 年 1 月 20 日。

78. 支道林思想之研究——魏晉時代玄學與佛學之交融，劉貴傑撰，臺北臺灣商務印書館，1987 年 8 月二版。

79. 玄學與魏晉士人心態，羅宗強撰，臺北，文史哲出版社，1992 年 12 月。

80. 六朝社會文化心態，趙輝撰，臺北，文津出版社，1996 年 1 月。

81. 世說新語箋疏，余嘉錫撰，臺北，仁愛書局，1984 年 10 月。

82. 世說新語校箋，徐震堮撰，臺北，文史哲出版社，1985 年 7 月。

83. 荊楚歲時記校注，王毓榮撰，臺北，文津出版社，1988 年 8 月。

84. 中國知識分子階層史論，余英時撰，臺北，聯經出版社，1997 年 4 月初版第五刷。

85. 人生哲學，鄔昆如‧黎建球撰，國立空中大學，1987 年 10 月再版。

86. 人生的哲理，馮友蘭撰，臺北，生智文化事業公司，1997 年 7 月。

87. 生生之德，方東美撰，臺北，黎明文化事業公司，1982 年四版。

88. 中國人生哲學，方東美撰，臺北，黎明文化事業公司，1987 年 7 月五版。

89. 思辨錄──思光近作集，勞思光撰，臺北，東大圖書公司，1996 年 1 月。

90. 中國人文精神之發展，唐君毅撰，臺灣，學生書局，1988 年 8 月全集校訂版。

91. 生命存在與心靈境界，唐君毅撰，臺灣，學生書局，1988 年 8 月全集校訂版。

92. 中國文化精神之價值，唐君毅撰，臺北，正中書局，1987 年 3 月二版第六次印行。

93. 哲學概論，鄔昆如撰，臺北，五南圖書公司，1992 年 6 月四版三刷。

94. 哲學概論，唐君毅撰，臺北，臺灣學生書局，1988 年 8 月全集校訂版。

95. 邏輯概論，張身華譯，臺北，幼獅文化事業公司，1981 年 8 月十一版。

96. 理則學，鄔昆如撰，臺北，黎明文化事業公司，1993 年 10 月初版七刷。

97. 知識論，孫振青撰，臺北，五南圖書公司，1994 年 3 月三版二刷。

98. 形上學，曾仰如撰，臺北，臺灣商務印書館，1991 年 2 月增訂三版。

99. 詮釋學，帕瑪（Richard, E., palmer）著，嚴平譯，張文慧、林捷逸校閱，臺北，桂冠圖書公司，1995 年 4 月。

100. 解釋學簡論，高宣揚撰，臺北，遠流出版社，1994 年 6 月 16 日初版四刷。

101. 真理與方法──哲學詮釋學的基本特徵，Hans-Georg, Gadamer 著，洪漢鼎譯，臺北，時報文化出版社，1996 年 11 月 15 日初版三刷。

102. 心理學，張春興撰，臺北，臺灣東華書局，1989 年 9 月二十九版。

103. 舒茲論文集（第一冊），舒茲著，盧嵐蘭譯，臺北，桂冠圖書公司 1992 年 5 月初版。

104. 兩漢三國文彙，中華叢書編審委員會，1960 年 8 月。

105. 全漢三國晉南北朝詩，丁仲祜編，臺北，藝文印書館，未著出版日期。

106. 先秦漢魏晉南北朝詩，逯欽立輯校，臺北，木鐸出版社，1988 年 7 月。

107. 古詩賞析，張玉穀撰，臺北，新文豐出版社，1978 年 10 月。

108. 王逸注楚辭，何錡章編，臺北，黎明文化事業公司，1973 年 9 月。

109. 曹子建詩註，黃節撰，臺北，宏業書局，1983 年 4 月。

110. 阮步兵詠懷詩註，黃節註，臺北，藝文印書館，1975 年 9 月三版。

111. 嵇康集譯注，夏明釗譯注，黑龍江，人民出版社，1987 年 1 月一版。

112. 陶淵明集校箋，楊勇撰，臺北，正文圖書有限公司，1987 年 1 月 1 日。

113. 中國文學發展史，劉大杰撰，臺北，華正書局，1991 年 7 月。

114. 中國文學史初稿，王忠林等撰，臺北，福記文化圖書公司，1985 年 5 月修訂三版。

115. 中國文學史，葉慶炳撰，臺北，臺灣學生書局，1990 年九月二刷。

116. 中國大文學史，謝无量撰，臺灣，中華書局，1983 年 12 月臺六版。

117. 中國文學史，〔日〕前野直彬主編，臺北，長安出版社，1979 年九月。

118. 中國文學史，曾毅撰，臺北，文史哲出版社，1977 年 6 月台一版。

119. 中國文學史論，華仲麐撰，臺灣，開明書店，1985 年 10 月五版。

120. 中國文學講話（五）魏晉南北朝文學，中華文化復興運動推行委員會主編，1985 年 6 月。

121. 中國文學概論，李鍌等撰，國立空中大學，1989 年 9 月三版。

122. 中國文學概論，袁行沛撰，香港，三聯書店，1990 年 9 月。

123. 劉師培中古文學論集，劉師培撰，陳引馳編校，北京，中國社會科學出版社，1997 年 6 月一刷。

124. 中古文學史論，王瑤撰，臺北，長安出版社，1986 年 6 月三版。

125. 中國古代文學史（上），馬積高‧黃鈞主編，湖南，湖南文藝出版社，1992 年 5 月。

126. 詩言志辨，朱自清撰，臺北，開今文化事業有限公司，1994 年 6 月。

127. 經典常談，朱自清撰，臺北，三民書局，1984 年 3 月三版。

128. 中古文學論叢，林文月撰，臺北，大安出版社，1989 年 6 月。

129. 漢魏六朝文學，陳鍾凡撰，臺北，臺灣商務印書館，1967 年 9 月。

130. 漢魏六朝文學論集，逯欽立遺著・吳云整理，陝西，陝西人民出版社，1984 年 11 月。

131. 漢魏六朝文學新論──擬代與贈答篇，梅家玲撰，臺北，里仁書局，1997 年 4 月 15 日。

132. 古詩十九首彙說賞析與研究，張清鐘撰，臺北，臺灣商務印書館，1994 年 7 月初版三刷。

133. 魏晉南北朝文學思想史，張仁青撰，臺北，文史哲出版社，1978 年 12 月。

134. 魏晉南北朝詩歌史論，傅剛撰，吉林，吉林教育出版社，1995 年 12 月。

135. 漢末士風與建安詩風，孫明君撰，臺北，文津出版社，1995 年 1 月。

136. 六朝文學觀念叢論，顏崑陽撰，臺灣，正中書局，1993 年 2 月。

137. 六朝文論，廖蔚卿撰，臺北，聯經出版社。

138. 南朝詩研究，王次澄撰，中國學術著作獎助委員會，1984 年 9 月。

139. 六朝詩論，洪順隆撰，臺北，文津出版社，1985 年 3 月再版。

140. 由隱逸到宮體，洪順隆撰，臺北，文史哲出版社，1984 年 7 月。

141. 兩晉詩論，鄧仕樑撰，香港，中文大學，1972 年 1 月。

142. 南北朝文學史，曹道衡・沈玉成編著，北京，人民出版社，1991 年 12 月。

143. 魏晉玄學與六朝文學，陳順智撰，湖北，武漢大學出版社，1993 年 7 月。

144. 中華文學通覽・魏晉南北朝卷・空谷流韻，韋鳳娟撰，北京，中華書局，1997 年 3 月。

145. 玄妙之境──魏晉玄學美學思潮，張海明撰，吉林，東北師範大學出版社，1997 年 5 月。

146. 玄意幽遠──魏晉玄學風度，戴燕撰，昆明，雲南人民出版社，1997 年 6 月一版。

147. 魏晉玄學與文學思想，盧盛江撰，天津，南開大學出版社，1994

年 6 月。

148. 六朝文學論文集，〔日〕清水凱夫·韓基國譯，重慶，重慶出版社，1989 年 10 月。

149. 魏晉詩歌藝術原論，錢志熙撰，北京，北京大學出版社，1993 年 1 月。

150. 阮籍詠懷詩研究，邱鎮京撰，臺北，文津出版社，1980 年 7 月。

151. 由山水到宮體——南朝的唯美詩風，王力堅撰，臺北，臺灣商務印書館，1997 年 12 月。

152. 六朝唯美詩學，王力堅撰，臺北，文津出版社，1997 年 7 月。

153. 門閥士族與永明文學，劉躍進撰，北京，三聯書店，1996 年 3 月。

154. 山水與古典，林文月撰，臺北，三民書局，1996 年 6 月。

155. 中國山水詩研究，王國瓔撰，臺北，聯經出版社，1996 年 7 月四刷。

156. 山水詩人謝靈運，李森南撰，臺北，文史哲出版社，1989 年 7 月。

157. 蕭子顯及其文學批評，詹秀惠撰，臺北，文史哲出版社，1994 年 11 月。

158. 沈約及其學術研究，姚振黎撰，臺北，文史哲出版社，1989 年 3 月。

159. 李商隱詩箋釋方法論，顏崑陽撰，臺灣，學生書局，1991 年 3 月。

160. 談藝錄（增訂本），錢鍾書撰，臺北，書林出版社，1988 年 11 月。

161. 禪學與唐宋詩學，杜松柏撰，臺北，黎明文化事業股份有限公司，1998 年 12 月再版。

162. 禪與詩學，張伯偉撰，臺北，揚智文化事業股份有限公司，1995 年 1 月。

163. 迦陵論詩叢稿，葉嘉瑩撰，河北，河北教育出版社，1997 年 7 月。

164. 漢魏六朝詩講錄，葉嘉瑩撰，河北，河北教育出版社，1997 年 7 月。

165. 中國詩歌藝術研究，袁行霈撰，北京，北京大學出版社，1996 年 6 月。

166. 魏晉風度——中古文人生活行爲的文化意蘊，寧稼雨撰，北京，東方出版社，1996 年 12 月二刷。

167. 中古文學集團，胡大雷撰，廣西，廣西師範大學出版社，1996 年 4 月。

168. 漢唐文學的嬗變，葛曉音撰，北京，北京大學出版社，1995 年 6

月二刷。

169. 六朝駢文形式及其文化意蘊，鍾濤撰，北京，東方出版社，1997年6月。

170. 唐前生命觀和文學生命主題，錢志熙撰，北京，東方出版社，1997年6月。

171. 唐宋四大家的道論與文學，朱剛撰，北京，東方出版社，1997年6月。

172. 神韻詩史研究，王小舒撰，臺北，文津出版社，1994年6月。

173. 靜農論文集，臺靜農撰，臺北，聯經出版社，1989年10月。

174. 宋代詩學通論，周裕鍇撰，四川，巴蜀書社，1997年1月。

175. 北宋四大家理趣詩研究，鍾美玲撰，臺北，文津出版社，1997年7月初版一刷。

176. 而已集，魯迅撰，臺北，風雲時代出版社，1989年10月。

177. 歷史與思想，余英時撰，臺北，聯經出版社，1992年4月第十七次印行。

178. 中國詩歌流變史，李曰剛撰，臺北，文津出版社，1987年2月。

179. 中國詩歌史，張建業撰，臺北，文津出版社，1995年6月。

180. 中國詩歌史（魏晉南北朝），鍾優民撰，高雄，麗文文化事業公司1994年5月。

181. 中國歷代詩歌大要與作品選析，張雙英撰，臺北，新文豐出版社，1996年10月。

182. 中國詩學思想史，蕭華榮撰，上海，華東師範大學出版社，1996年4月。

183. 中國詩學通論，袁行霈‧孟二冬‧丁放等撰，安徽，安徽教育出版社，1994年12月。

184. 中國文學批評史，郭紹虞撰，臺北，文史哲出版社，1990年7月。

185. 中國文學批評史，羅根澤撰，臺北，學海出版社，1990年2月再版。

186. 中國文學理論史（六朝篇），王金凌撰，臺北，華正書局，1988年4月。

187. 中國文學批評通史（魏晉南北朝卷），王運熙‧顧易生主編，上海上海古籍出版社，1996年12月一刷。

188. 中國文學理論史，黃保眞、成復旺撰，臺北，洪葉文化事業公司，1993年12月。

189. 中國文學理論批評發展史，張少康・劉三富，北京，北京大學出版社，1996 年 9 月二刷。

190. 中國文學批評論集，張健撰，臺北，天華出版社，1979 年六。

191. 中國古典詩歌評論集，葉嘉瑩撰，臺北，桂冠圖書公司，1991 年 7 月再版一刷。

192. 中國文學批評方法探源，陸海明撰，北京，中國社會科學出版社，1994 年 12 月。

193. 文學批評的視野，龔鵬程撰，臺北，大安出版社，1990 年 1 月。

194. 文心雕龍斠詮，李曰剛撰，臺北，國立編譯館中華叢書編審委員會 1982 年 5 月。

195. 文心雕龍讀本，王更生撰，臺北，文史哲出版社，1991 年 9 月。

196. 文心雕龍導讀，王更生撰，臺北，華正書局，1990 年 7 月重修增訂二版。

197. 文心雕龍研究，王更生撰，臺北，文史哲出版社，1976 年 3 月。

198. 文心雕龍講疏，王元化撰，上海，古籍出版社，1995 年 12 月二刷。

199. 文心雕龍之文學理論與批評，沈謙撰，臺北，華正書局，1981 年 5 月。

200. 文心雕龍與現代修辭學，沈謙撰，臺北，文史哲出版社，1992 年 5 月。

201. 文心雕龍的風格學，詹英撰，臺北，木鐸出版社，1988 年 9 月。

202. 詩品注，汪中撰，臺北，正中書局，1973 年 9 月臺三版。

203. 鍾嶸詩品箋證稿，王叔岷撰，臺北，中央研究院中國文哲研究所，1992 年 3 月。

204. 詩品集注，曹旭撰，上海，古籍出版社，1996 年 8 月二刷。

205. 說詩晬語詮評，蘇文擢撰，臺北，文史哲出版社，1985 年 10 月修訂再版。

206. 歷代詩話，〔清〕何文煥編訂，臺北，藝文印書館，1971 年 2 月三版。

207. 歷代詩話續編，丁福保輯，臺北，木鐸出版社，1988 年 7 月。

208. 百種詩話類編，臺靜農編，臺北，藝文印書館，1974 年 5 月。

209. 歷代詩話論作家，常振國、降雲編，臺北，黎明文化事業公司，1993 年 9 月。

210. 中國詩話史，蔡鎮楚撰，湖南，湖南文藝出版社，1988 年 5 月。

211. 文學概論，涂公遂撰，臺北，五洲出版社，1990 年 8 月。

212. 文學概論，張健撰，臺北，五南圖書公司，1989 年 6 月六版。

213. 文學散步，龔鵬程撰，臺北，漢光文化事業公司，1987 年 3 月 20 日三版。

214. 文學論──文學研究方法論，韋勒克、華倫著，王夢鷗、許國衡譯，臺北，志文出版社，1983 年 2 月再版。

215. 文學原理，趙滋蕃撰，臺北，東大圖書公司，1988 年 3 月。

216. 文學理論新編，陳傳才‧周文柏撰，北京，中國人民大學出版社，1994 年 11 月。

217. 當代文學理論，Terry，Eagleton 著，鍾嘉文譯，臺北，南方叢書出版社，1991 年 12 月再版。

218. 對文學的藝術作品的認識，（波蘭）羅曼‧英加登著，陳燕谷等譯臺北，商鼎出版社，1991 年。

219. 情感與形式，〔美〕蘇珊‧郎格著（Susanne.K.Langer）著，劉大基等譯，臺北，商鼎出版社，1991 年 12 月。

220. 鏡與燈，〔美〕艾布拉姆斯撰（M.H.Abrams）北京，北京大學出版社，1989 年 12 月。

221. 中國文學理論，劉若愚著，杜國清譯，臺北，聯經出版社，1993 年 11 月四刷。

222. 中國文學理論與實踐，王夢鷗撰，臺北，時報文化出版，1997 年 4 月 10 日二刷。

223. 中國文學批評的理論與實踐，張雙英撰，臺北，萬卷樓圖書公司，1993 年 10 月初版二刷。

224. 中國詩學（思想篇），黃永武撰，臺北，巨流圖書公司，1983 年 2 月一版四印。

225. 中國詩學（考據篇），黃永武撰，臺北，巨流圖書公司，1983 年 2 月一版四印。

226. 中國詩學（設計篇），黃永武撰，臺北，巨流圖書公司，1983 年 2 月一版四印。

227. 中國詩學（鑑賞篇），黃永武撰，臺北，巨流圖書公司，1983 年 2 月一版四印。

228. 中國詩學，陳慶輝撰，臺北，文史哲出版社，1994 年 12 月。

229. 中國詩歌原理，〔日〕松浦友久著，孫昌武譯，洪葉文化事業公司 1993 年 5 月。

230. 中國古代詩學本體論闡釋,毛正夫撰,臺北,五南圖書公司,1997年4月。

231. 中國文學的精神世界,葉太平撰,臺灣,正中書局,1994年12月。

232. 中國詩詞風格研究,楊成鑒撰,臺北,洪葉文化事業公司,1995年12月。

233. 漢魏六朝詩論叢,余冠英撰,上海,中華書局,1962年2月。

234. 魏晉南北朝文論全編,穆克宏、郭丹編著,江蘇,教育出版社,1996年12月。

235. 詩論,朱光潛撰,臺北,萬卷樓圖書公司,1993年10月初版二刷。

236. 興的起源——歷史積澱與詩歌藝術,趙沛霖撰,臺北,明鏡文化事業公司,1989年9月。

237. 比興物色與情景交融,蔡英俊撰,臺北,大安出版社,1995年3月一版三刷。

238. 六朝畫論研究,陳傳席撰,臺北,臺灣學生書局,1991年5月。

239. 主題學研究論文集,陳鵬翔主編,臺北,東大圖書公司,1983年11月。

240. 文學社會學——兼論在中國文學上的實踐,何金蘭,臺北,桂冠圖書公司,1989年8月。

241. 文學與社會,姚朋等編著,臺北,國立空中大學,1987年10月再版。

242. 作品、文學史與讀者,(德)瑙曼等著,北京,文化藝術出版社,1997年3月。

243. 生命精神與文學道路,劉再復撰,臺北,風雲時代出版社,1989年11月。

244. 道家與道家文學,李炳海撰,高雄,麗文文化事業股份有限公司,1994年5月初版一刷。

245. 陳世驤文存,陳世驤撰,臺北,志文出版社,1972年7月初版。

246. 文章寫作學(文體理論知識部份),朱艷文主編,高雄,麗文文化事業公司,1994年11月。

247. 藝術的奧秘,姚一葦撰,臺灣,開明書店,1993年2月十二版。

248. 美學,(德)黑格爾著,朱孟實譯,臺北,里仁書局,1981年5月18日。

249. 美學,田曼詩撰,臺北,三民書局,1990年8月。

250. 審美三論,姚一葦撰,臺灣,開明書店,1993年1月。

251. 美的範疇論，姚一葦撰，臺灣，開明書店，1992 年 5 月五版。

252. 談美，朱光潛撰，臺北，萬卷樓圖書公司，1993 年 7 月初版三刷。

253. 美學再出發，朱光潛撰，臺北，丹青圖書公司，1987 年。

254. 西洋古代美學，Tatarkiewicz 著，劉文潭譯，臺北，聯經出版社，1981 年。

255. 西洋六大美學理念史，Tatarkiewicz 著，劉文潭譯，臺北，丹青圖書公司，1987 年。

256. 美的歷程，李澤厚撰，臺北，元山書局，1984 年 11 月。

257. 美學四講，李澤厚撰，臺北，人間出版社，1988 年 11 月 1 日。

258. 華夏美學，李澤厚撰，臺北，三民書局，1996 年 9 月。

259. 美從何處尋，宗白華撰，臺北，駱駝出版社，1995 年 6 月一版二刷。

260. 美學與意境，宗白華撰，臺北，淑馨出版社，1989 年 4 月。

261. 中國美學史（先秦兩漢之部），李澤厚、劉綱紀主編，臺北，里仁書局，1986 年 10 月 20 日。

262. 中國美學史（魏晉南北朝美學思想），李澤厚‧劉綱紀主編，臺北，谷風出版社，1987 年 7 月。

263. 中國美學史，葉朗撰，臺北，文津出版社，1996 年 1 月。

264. 中國美學史資料選編，王進祥編，臺北，漢京文化事業公司，1983 年 4 月 5 日。

265. 中國古代文藝美學範疇，曾祖蔭撰，臺北，文津出版社，1987 年 8 月。

266. 接受美學理論，Robert，c.，Holub 著，董之林譯，臺北，駱駝出版社，1994 年 6 月。

267. 中國古代的人學與美學，成復旺撰，北京，中國人民大學出版社，1997 年 1 月二刷。

268. 神與物遊——論中國傳統審美方式，成復旺撰，臺北，商鼎文化出版社，1992 年 4 月 1 日。

269. 中國古代心理詩學與美學，童慶炳，臺北，萬卷樓圖書公司，1994 年 8 月。

270. 六朝情境美學，鄭毓瑜撰，臺北，里仁書局，1997 年 12 月 31 日初版。

271. 六朝美學史，吳功正撰，江蘇，美術出版社，1996 年 4 月二刷。

272. 六朝美學，袁濟喜撰，北京，北京大學出版社，1989 年 8 月。

273. 文藝心理學，朱光潛撰，臺北，漢京文化事業公司，1984 年 7 月 1 日。

274. 文學與美學，龔鵬程撰，臺北，業強出版社，1995 年 1 月。

275. 文學美綜論，柯慶明撰，臺北，長安出版社，1985 年 10 月再版。

276. 中國藝術精神，徐復觀撰，臺北，臺灣學生書局，1992 年 7 月十一刷。

277. 藝術自然與人文，文潔華撰，臺北，允晨文化公司，1993 年 10 月。

278. 修辭學，黃慶萱撰，臺北，三民書局，1983 年 10 月四版。

279. 詩文鑑賞方法二十講，周振甫撰，臺北，國文天地雜誌社，1989 年 11 月。

280. 詩歌鑑賞入門，魏怡撰，臺北，國文天地雜誌社，1989 年 11 月。

281. 漢語大辭典，漢語大辭典編輯委員會，1994 四年 11 月二刷。

282. 哲學大辭典，啓明書局編譯所，臺北，啓明書局，1960 年 12 月。

283. 西洋哲學辭典，布魯格編著，項退結編譯，臺北，先知出版社，1976 年 10 月 10 日。

284. 張氏心理學辭典，張春興編，臺北，臺灣東華書局，1989 年 6 月初版。

285. 中國哲學辭典大全，韋政通主編，臺北，水牛出版社，1983 年 9 月 1 日。

286. 中國大百科全書（中國文學）中國大百科編輯委員會，1988 年 9 月。

287. 中國大百科全書（哲學），中國大百科編輯委員會，1987 年 10 月二刷。

288. 文學理論資料匯編，華諾文學編譯組，臺北華諾文化事業公司，1985 年 10 月。

289. 學術論文寫作指引，林慶彰撰，臺北，萬卷樓圖書公司，1996 年 9 月。

290. 漢魏六朝詩鑑賞辭典，王運熙等撰，海，上海辭書出版社，1996 年 5 月五刷。

291. 魏晉南北朝文學史參考資料，北京大學中國文學史教研室選注，臺北里仁書局，1992 年 3 月 12 日。

292. 中國文化研究論文目錄（1946～1979）中華文化復興運動推行委員會主編，臺北，臺灣商務印書館館，1988 年 1 月。

293. 中外六朝文學研究文獻目錄（增訂版），洪順隆主編，臺北，漢學

研究中心，1992 年 6 月增訂版。

貳、論文類

一、期刊論文

1. 玄言詩論，洪順隆撰，華學月刊，第九十四期，1979 年 10 月 21
   日。

2. 略論魏晉玄言詩，李正業，鄭州師專學報，1980 年 2 月。

3. 山水方滋，莊老未退——從玄言詩的興衰看玄風與山水詩的關係
   葛曉音撰，學術月刊，第一八九期，1985 年 2 月。

4. 玄言詩研究，王鍾陵撰，中國社會科學，第五期，1988 年。

5. 六朝玄言詩小探，盧明瑜撰，中國文學研究，第三輯，1989 年 5
   月。

6. 玄學人生觀的藝術體現——論玄言詩的主旨，閻采平撰，文學遺
   產第五期，1986 年。

7. 六朝題材詩系統論，洪順隆撰，南京大學，魏晉南北朝文學國際
   學術研討會，1995 年 7 月。

8. 《文選・詠懷詩》論：與我的六朝題材詩中的詠懷詩觀比較，洪
   順隆撰，1995 年國際文選學討論會論文，中國文選學會、鄭州大
   學中文系、古籍研究所合辦。

9. 嵇康的四言詩及對玄言詩的啓發，胡大雷撰，收於中國詩學（第
   四輯）南京，南京大學出版社，1995 年 12 月一刷。

10. 郭璞詩爲晉「中興第一」說辨析，周勛初撰，收於魏晉南北朝文
    學國際研討會論文集，臺北，文史哲出版社，1994 年 11 月。

11. 論魏晉遊仙詩的興衰與類別，康萍撰，收於中外文學，第三卷，
    第五期，1974 年 10 月。

12. 六朝道教與遊仙詩的發展，李豐楙撰，收於中華學苑，二十八期
    1983 年 12 月。

13. 由修禊事論蘭亭詩、蘭亭序「達」與「未達」的意義，鄭毓瑜撰
    收於漢學研究，第十二卷，第一期，1994 年 6 月。

14. 抒情傳統的本體意識——從理論的「演出」解讀〈蘭亭集序〉，張
    淑香，收於中外文學，第二十卷，第八期，1992 年 1 月。

15. 六朝文學的曙光，林文月撰，東吳大學中國文學系刊，第十四
    期 1988 年 6 月 5 日。

16. 「莊、老造退，而山水方滋」解——兼評 J.D. Frodsham「中國山

水詩的起源」一文，王文進撰，中外文學，第七卷，第三期，1978年8月1日。

17. 山水詩是怎樣產生的，林庚撰，文學評論，第三期，1961年。

18. 談六朝詠史詩的類型，齊益壽撰，中華文化復興月刊，十卷四期1977年4月。

19. 遊於物──論六朝詠物詩之「觀象」特質，除昌平撰，中外文學，第十五卷，第五期，1986年10月。

20. 陶淵明與謝靈運，羅師宗濤撰，幼獅月刊，第四十四卷，第三期。

21. 陶謝兩家理趣詩之比較，陳怡良撰，收於第三屆中國詩學會議論文集──魏晉南北朝詩學，國立彰化師範大學，1996年5月。

22. 陸機論文學的創作過程，張亨撰，中外文學，第一卷，第八期，1973年1月。

23. 晉宋山水詩與道家精神，王玫撰，道家文化研究，第八輯，上海上海古籍出版社。

24. 佛教與晉宋之際的山水文學思潮，蔣述卓撰，古代文學理論研究叢刊，第十四輯，1989年12月。

25. 中國「玄學派」詩論，〔美〕余寶琳著，馬也譯，古代文學理論研究，第十六輯，1992年12月。

26. 漢魏六朝文體變遷之一考察，王夢鷗撰，中央研究院歷史語言研究所集刊，第五十卷第二期，1979年6月。

27. 魏晉南北朝文學之發展（上）王夢鷗，中華文化復興月刊，第十四卷，第七期，1981年七月。

28. 魏晉南北朝文學之發展（中）王夢鷗，中華文化復興月刊，第十四卷，第八期，1981年8月。

29. 魏晉南北朝文學之發展（上）王夢鷗，中華文化復興月刊，第十四卷，第九期，1981年9月。

30. 傳統詩學「詩言志」的精神，蔡英俊撰，鵝湖，1976年4月。

31. 魏晉南北朝的文原論，鄧國光撰，漢學研究，第十二卷，第二期1994年12月。

32. 宋詩與宋學，韓經太撰，文學遺產，第四期，1993年。

33. 魏晉文學所表現的自然及自然觀（一）小尾郊一著，高輝陽譯，藝術學報，第四十二期，1988年6月。

34. 魏晉文學所表現的自然及自然觀（二）小尾郊一著，高輝陽譯，藝術學報，第四十三期，1988年10月。

35. 魏晉文學所表現的自然及自然觀（三）小尾郊一著，高輝陽譯，藝術學報，第四十八期，1991 年 6 月。

36. 詩歌文化中的「託喻」觀念──以《文心雕龍・比興篇》爲討論起點顏崑陽撰，收於第三屆魏晉南北朝文學與思想學術研討會論文集。

37. 關於文學史上的指稱與斷代──以六朝爲例，林文月撰，語文、情性、義理──中國文學的多層面探討國際學術會議論文集，1996 年 4 月。

38. 從哲學看文學──論文學四義與文學十大功能，成中英撰，收於中外文學，第四卷，第一期，1975 年 6 月 1 日。

39. 魏晉玄學對詩的影響，黃永武撰，幼獅月刊，第四十八卷，第三期，1778 年 9 月。

40. 論魏晉詩歌風格的思想性，黃錦鋐撰，國文學報，第十四期，1985 年 6 月。

41. 魏晉清談與玄學和魏晉文學思潮的互動關係，田益哲撰，中國文化月刊，第一四六期，1991 年 12 月。

42. 人與社會──文人生命的二重奏：仕與隱，吳璧雍撰，收於中國文化新論・文學篇一・抒情的境界，臺北，聯經出版社，1987 年 2 月第五次印行。

43. 形象思維與文學，黃慶萱撰，國文學報，第二十三期，1994 年 6 月。

44. 記號學中的「解」傾向──兼「解」「構」中西山水詩，古添洪撰中外文學，第十四卷，第十二期，1986 年 5 月。

45. 形象、辯證思維與山水文學，王可平撰，中國文化月刊，一五〇期 1992 年 4 月。

46. 言意之辯與魏晉名理（一），吳旻撰，鵝湖，十卷，第八期，1985 年 2 月。

47. 言意之辯與魏晉名理（二），吳旻撰，鵝湖，十卷，第九期，1985 年 3 月。

48. 言意之辯與魏晉名理（三），吳旻撰，鵝湖，十卷，第十期，1985 年 4 月。

49. 言意之辯與魏晉名理（四）──言盡意與正名傳統，吳旻撰，鵝湖十一卷，第一期，1985 年 7 月。

50. 言意之辯與魏晉名理（五）──荀粲論「言意離」，吳旻撰，鵝湖十一卷，第二期，1985 年 8 月。

51. 言意之辯與魏晉名理（六）——王弼之體用觀與「得意忘言」論，吳甿撰，鵝湖，十一卷，第三期，1985 年 9 月。

52. 言意之辯與魏晉名理（七）——嵇康「心聲異軌」論發其音樂美學吳甿撰，鵝湖，十一卷，第四期，1985 年 10 月。

53. 言意之辯與魏晉名理餘論——可道世界與不可道世界，吳甿撰，鵝湖十一卷，第八期，1986 年 2 月。

54. 玄學的本質及其對道家思想的繼承和發展，高晨陽撰，中國哲學史（季刊）第四期，1996 年。

55. 莊學氣論的特色及其開展，黃偉倫撰，收於第一屆先秦兩漢學術全國研究生論文發表會論文集，臺北，輔仁大學中國文學系所，1997 年 10 月。

56. 美學史上群己之辨的一段演進——從言志說到緣情說，張節末撰，文藝研究，第五期，1994 年。

57. 魏晉前期審美觀的轉化與特色暨《人物志》的美學意義，蕭振邦撰國立中央大學人文學報，第九期，1991 年 6 月。

58. 中國美學的儒道釋側面解讀，蕭振邦撰，國文天地，九卷，九期，1994 年 2 月。

59. 試論中國藝術精神，高友工撰，九州學刊，二卷，二期，1988 年 1 月。

60. 東方美學對主體的注重，Thomas Munro 著，李正治譯，國文天地 1985 年 8 月。

61. 開出「生命美學」的領域，李正治，國文天地，九卷九期，1994 年 2 月。

62. 形——氣——神，中國人獨特的美學思維，陳昌明撰，國文天地，九卷九期，1994 年 2 月。

63. 從抒情主體的心態模式自古典詩歌的美學特質，韓經太撰，文學遺產，第六期，1987 年。

64. 道家開闢了中國審美之路，成復旺撰，道家文化研究，第二輯，上海，上海古籍出版社。

65. 道家的超越哲學與中國文藝的超越精神，成復旺撰，道家文化研究第八輯，上海，上海古籍出版社。

66. 論中國古代美學中的「虛靜」說，朱良志撰，古代文學理論研究第十五輯，1991 年 10 月。

67. 自然之道與白賁之美——正始詩歌審美理想新探，王力堅撰，大陸雜誌，第九十一卷，第五期，1995 年 11 月 15 日。

68. 思想史方法兩個側面，黃俊傑撰，收入史學方法論叢，臺北，臺灣學生書局，民國66年8月初版。

69. 哲學和文學研究方法論，徐賁撰，文藝研究，第四期，1985年。

70. 中國士大夫藝術思維方式的發展與中國傳統文化的興衰，王毅撰文學遺產，1989年4月。

71. 魏晉玄學的方法論及其解析，毛文芳撰，孔孟月刊，第三十卷，第七期，1992年3月。

72. 從象數到本體——漢魏之際思維方式的演變，王曉毅撰，哲學與文化二十二卷，第七期，1995年7月。

二、學位論文

1. 從思維方式採究六朝文體論，賴麗容撰，師大國文研究所集刊，第三十二號。

2. 六朝詠懷組詩研究，李正治撰，師大國文研究所集刊，第二十五號。

3. 六朝宮體詩研究，黃婷婷撰，臺灣師範大學國文研究所碩士論文1983年。

4. 六朝詩學研究，李瑞騰撰，中國文化大學中文研究所碩士論文，1978年6月。

5. 六朝詩發展述論，劉漢初撰，臺灣大學中文研究所博士論文，1983年5月。

6. 論晉詩之個性與社會性，錢佩文撰，臺灣師範大學國文研究所碩士論文，1986年5月。

7. 六朝「緣情」觀念研究，陳昌明撰，臺灣大學中文研究所碩士論文1987年5月。

8. 荊雍地帶與南朝詩歌之關係研究，王文進撰，臺灣大學中文研究所博士論文，1987年12月。

9. 六朝文論中的自然觀，呂素端撰，中央大學中文研究所碩士論文1994年6月。

10. 魏晉玄學的自然觀與自然美學研究，林朝成撰，臺灣大學哲學研究所博士論文，1992年6月。

11. 世說新語呈現之魏晉士人審美觀研究，徐麗貞撰，政治大學中文研究所博士論文，1995年6月。

12. 宋代詩話論詩研究——以詩之情性、寫景、詠物、詠史、敘事、說理爲對象，崔成宗撰，東吳大學中文研究所博士論文，1994年

6 月。

13. 六朝神滅不滅論與佛教輪迴主體之研究，李幸玲撰，臺灣師範大學國文研究所碩士論文，1995 年 6 月，民國 84 年 6 月。。

14. 從弘明集看佛教中國化，王志楣撰，政治大學中文研究所碩士論文 1996 年 6 月。